文化学&文学研究丛书

王炳钧 冯亚琳 主编

人与机器

德语文学中的
技术与机器主题研究

唐 弦 韵 ◆ 著

MENSCH UND MASCHINE

Eine Studie über Technik und
Maschinen in der deutschen Literatur

北京师范大学出版集团
BEIJING NORMAL UNIVERSITY PUBLISHING GROUP
北京师范大学出版社

本书为"四川外国语大学中外文化比较研究中心招标项目"成果

总　序

如果我们按照德国社会学家马克斯·韦伯的定义，把文化理解为人为自己编织的一张"意义网"，那么，文化学的意义正是在于探究这张网的不同节点乃至整个体系，探究它的历史生成、运作机制及其对人的塑造功能，探究它如何影响了历史中的人对自身以及世界的理解。

诚然，探究这样一个网络的整个体系，或者用德国文化学倡导者的话说，人的"所有劳动与生活形式"这样一个宏大工程，对于一个个体来说，是无法完成的事情。因此，从文化学所统领的跨学科的视角出发，探究这张网在不同历史阶段的具体节点，或者说一个文化体系的具体侧面，则可揭示其运作方式并为观察整个文化体系提供有益的启发。

如果我们尝试用一两个关键词笼统概括 20 世纪后半叶以来德语文学研究范式的转换，那么在 20 世纪 50 年代占据主导地位的是"文本""形式"，60 年代是"社会""批判"，70 年代是"结构""接受"，80 年代是"话语""解构"，90年代至今便是"文化"。

而任何笼统的概括，都有掩盖发展本身所具有的复杂性的嫌疑。因为涌动在这些关键词之下的是历史进程中的一系列对话、碰撞、转换机制。正是这一发展促成了所谓"文化学转向"。经过三十多年的发展，对文化的研究已经成为研究领域的一种基本范式。尽管对文化问题的关注与探讨，在它被称为"文化研究"的英美国家与被叫作"文化学"的德语国家有着不同的历史语境与出发点——在社会等级与种族问题较为突出的英美国家主要针对的是所谓高雅与大众文化的差异和种族文化差异问题，而在殖民主义历史负担相对较轻、中产阶级占主导地位的德国主要侧重学科的革新，其核心标志是对中心主义视角秩序的颠覆与学科的开放。

以瓦解主体中心主义为目标的后结构主义赋予了他者重要的建构意义，这种"外部视角"将研究的目光引向了以异质文化为研究对象的人类学或民族学。美国文化人类学重要代表人物克利福德·格尔茨（Clifford Geertz）提出的"深描"文化阐释学，尝试像解读文本一样探索文化的结构，突出强调了对文化理解过程具有重要意义的语境化。将"文化作为文本"①来解读也就构成了

---

① Doris Bachmann-Medick（Hg.）：*Kultur als Text. Die anthropologische Wende in der Literaturwissenschaft.* Frankfurt am Main：Fischer Taschenbuch Verlag 1996.

文化研究的关键词。这一做法同时为以文本阐释见长的文学研究向文化领域的拓展提供了新的路径，成为福柯影响下关注"文本的历史性与历史的文本性"①的新历史主义的文化诗学纲领。

那么，对于文学研究而言，文学的虚构性与文化的建构性之间是怎样的关系？将文学文本与文化文本等同起来，是否恰恰忽略了文学的虚构性？作为文化体系组成部分的文学，一方面选材于现实世界，另一方面又摆脱了现实意义体系的制约，通过生成新的想象世界而参与文化的建构。相对于现实世界，文学揭示出另一种可能性、一种或然性，通过文学形象使得尚无以言表的体验变得可见，从而提供新的经验可能。正是基于现实筛选机制，文学作品提供了丰富的历史材料来源。有别于注重"宏大叙事"的政治历史考察的传统史学，文学作品以形象的方式承载了更多被传统历史撰写遮蔽或边缘化的日常生活史料，成为丰富的历史与文化记忆载体。

在历史观上，法国编年史派以及后来的心态史派，对于德国文化学的发展起了重要的推动作用。20世纪30年代，编年史派摆脱了大一统的以政治历史为导向的史学研究，转向了对相对长时间段中的心态（观念、思

---

① Louis Montrose："Die Renaissance behaupten. Poetik und Politik der Kultur". In：*New Historicism. Literaturgeschichte als Poetik der Kultur*. Hg. von Moritz Baßler. Frankfurt am Main：Fischer Taschenbuch Verlag 1995，S. 67f.

想、情感）变化的考察。① 对法国新史学的接受强化了德国的社会史与日常史的研究。20 世纪 80 年代中期，历史人类学在德国逐渐形成。相较于传统的哲学人类学，它所关心的不再是作为物种的抽象的人，而是历史之中的人及其文化与生存实践。研究的着眼点不是恒定的文化体系，而是在历史进程中对人及其自身理解起到塑造作用的变化因素。

文化学发展的一个重要动因，是关于人文科学在社会中的合理性问题的讨论。由于学科分化的加剧，人文科学的存在合理性遭到质疑，讨论尝试对此做出回应。争论的焦点是人文科学的作用问题：它究竟是仅仅起到对自然科学与技术的发展所造成的损失进行弥补的作用，还是对社会发展具有导向功能。代表弥补论一方的是德国哲学家乌多·马克瓦德（Udo Marquard）。他发表于 1986 年的报告《论人文科学的不可避免性》认为："由

① 如马克·布洛赫从比较视角出发对欧洲封建社会的研究：Marc Bloch: *Die Feudalgesellschaft*. Frankfurt am Main/Wien: Propyläen 1982 (zuerst 1939/40)；吕西安·费弗尔从多学科视角出发对信仰问题的研究：Lucien Febvre: *Das Problem des Unglaubens im 16. Jahrhundert: die Religion des Rabelais*. Mit einem Nachwort von Kurt Flasch. Aus dem Franz. von Grete Osterwald. Stuttgart: Klett-Cotta 2002 (zuerst 1942)；菲力浦·阿利埃斯对童年、死亡与私人生活的研究：Philippe Ariès: *Geschichte der Kindheit*. Übers. von Caroline Neubaur und Karin Kersten. München: Hanser 1975 (zuerst 1960)；Philipe Ariès: *Studien zur Geschichte des Todes im Abendland*. München/Wien: Hanser 1976；Philippe Ariès/Georges Duby (Hg.): *Geschichte des privaten Lebens*. Frankfurt am Main: S. Fischer 1991.

实验科学所推进的现代化造成了生存世界的损失，人文科学的任务则在于对这种损失进行弥补。"① 所谓弥补就是通过讲述而保存历史。② 另一方则要求对人文科学进行革新，通过对跨学科问题进行研究来统领传统的人文科学。针对马克瓦德为人文科学所做的被动辩解，在 20 世纪 80 年代末期，联邦德国科学委员会和校长联席会议委托康斯坦茨大学和比勒费尔德大学成立人文科学项目组，对人文科学的合理化与其未来角色的问题进行了调研。德语文学教授、慕尼黑大学校长弗吕瓦尔德，接受理论主要代表人物姚斯，著名历史学家科泽勒克等五名重要学者于 1991 年发表了上述项目的结项报告《当今的人文科学》。报告认为："人文科学通过研究、分析、描述所关涉的不仅仅是部分文化体系，也不仅仅是迎合地、'弥补性地'介绍自己陌生的现代化进程，它的着眼点更多地是文化整体，是作为人类劳动与生存方式总和的文化，也包括自然科学的和其他的发展，是世界的文化形式。"③ 因此，他们建议放弃传统的"人文科学"概念，以"文化科

---

① Odo Marquard: "Über die Unvermeidlichkeit der Geisteswissen-schaften". Vortrag vor der Westdeutschen Rektorenkonferenz. In: ders.: *Apologie des Zufälligen*. *Philosophische Studien*. Stuttgart: Reclam 1986, S. 102f.

② 参见 ebd., S. 105f.

③ *Geisteswissenschaften heute*. Eine Denkschrift von Wolfgang Frühwald, Hans Robert Jauß, Reinhart Koselleck, Jürgen Mittelstraß, Burkhart Steinwachs. 2. Aufl. Frankfurt am Main: Suhr-kamp 1996 (1991), S. 40f.

学"取而代之。在某种程度上，可以把该书看成是要求整个人文科学进行文化学转向的宣言。

研究视角与对象的变化，也要求打破传统的专业界限，进行多学科、跨学科的研究。这种势态催生了人文研究的所谓"文化学转向"。此中，文学研究摆脱了传统的对文学作家、作品与文学体系的研究范式，转向对文学与文化体系关系的探讨。文化学研究的领域主要涉及：知识的生产传播与文化语境的关联，文化史进程中所生成的自然构想，历史中的人所建构的对身体、性别、感知、情感的阐释模式，记忆的历史传承作用与运作机制，技术发展对文化产生的影响，媒介的文化意义及其对社会产生的影响，等等。①

研究领域的扩大无疑对研究者的能力与知识结构提出了挑战。比如，探讨文学作品中身体、疾病、疼痛的问题，必然要采用相关的医学或人类学等文献，探讨媒介、技术、机器等问题，又需要相关的理工科专业的知识，涉及感知、情感等问题时又必须对心理学、哲学等相关专业了解。尽管这些问题可以通过跨学科的合作加

---

① 参见 Hartmut Böhme/Peter Matussek/Lothar Müller（Hg.）：*Orientierung Kulturwissenschaft. Was sie kann, was sie will.* Hamburg：Rowohlt 2000. Kap. III；Claudia Benthien/Hans Rudolf Velten（Hg.）：*Germanistik als Kulturwissenschaft. Eine Einführung in neue Theoriekonzepte.* Hamburg：Rowohlt 2002，S. 24-29；Christoph Wulf（Hg.）：*Vom Menschen. Handbuch Historische Anthropologie.* Weinheim/Basel：Belz 1997.

以解决，但这种合作要求相同的视角与方法基础。鉴于人文科学基于经验积累的特点，研究者遭受着"半吊子"的质疑。

而对作为文化学的文学学的关键质疑仍是方法上的。这一点特别反映在具有代表性的"豪克—格雷弗尼茨论战"中。论战的关键问题是坚持文学研究的"自治"还是向文化体系开放。1999年，图宾根大学教授瓦尔特·豪克（Walter Haug）发表了题为《文学学作为文化学?》的论文。他认为，文学研究应当坚守文学所具有的自我反思的特点：文学之所以存在是因为有解决不了的问题，文学存在的意义不是要解决问题，而是要生成并坚守问题意识。因此，文学研究向文化学开放，并不是要转变成为文化学的一部分，而是要强化文学的内在问题、文学"特殊地位"的意识。① 而格哈德·冯·格雷弗尼茨（Gerhart von Graevenitz）在其发表在同一期刊的文章《文学学与文化学——一回应》中则否认自我反思是文学独有的特性，认为大众文化也同样表现出了这种特点，因此文学研究应当重视多元化的文化语境。② 他认为，豪克坚持文学研究的"内在视角"，忽略了关于文化

① 参见 Walter Haug："Literaturwissenschaft als Kulturwissenschaft?" In：*Deutsche Vierteljahrsschrift für Literaturwissenschaft und Geistes-geschichte* 73（1999），S. 92f.
② 参见 Gerhart von Graevenitz："Literaturwissenschaft und Kulturwis-senschaften. Eine Erwiderung". In：*Deutsche Vierteljahrsschrift für Literaturwissenschaft und Geistesgeschichte* 73（1999），S. 107.

学的讨论是各学科的普遍结构变化的表达。①"文化学"所要探究的是文化的多元性，而被理解为传统的"人文科学"一部分的、以阐释学为导向的文学学则以一统的"精神"为对象。②

　　这场论战所涉及的是研究的基本视角问题，这首先关涉 18 世纪以来的文学自主性的观点是否还能够成立，被理解为高雅艺术的文学是有修养的市民阶层的建构，抑或是民族主义话语驱动的产物，还是由社会文化与物质媒介发展导致的交往派生物？对此，系统论给出的答案是，它是社会分化的结果。在卢曼影响下的文学系统论代表格哈德·普隆佩(Gerhard Plumpe)、尼尔斯·威尔伯(Nils Werber)认为，18 世纪以来的社会分化、人的业余时间的增加导致了消遣娱乐需求的增长，使得文学成为独立的系统，因此文学的功能不再以思想启蒙时期的真或伪的标准来衡量，而以有意思与否为标准。③在这一点上，他们与格雷弗尼茨的消解高雅与大众文化等级的做法不谋而合。

---

① 参见 Walter Haug："Literaturwissenschaft als Kulturwissenschaft?" In: *Deutsche Vierteljahrsschrift für Literaturwissenschaft und Geistesgeschichte* 73 (1999)，S. 95.
② 参见 ebd. , S. 96.
③ 参见 Gerhard Plumpe/Niels Werber："Literatur ist codierbar. Aspekte einer systemtheoretischen Literaturwissenschaft". In: Siegfried J. Schmidt (Hg.): *Literaturwissenschaft und Systemtheorie. Positionen, Perspektiven, Kontroversen.* Opladen: VS Verlag für Sozialwissenschaften 1993，S. 30ff.

　　如此，文化学研究的关注点不再是传统的精英文化，而是高雅与通俗文化的复杂体及其相互间的关联。文化产物对不同社会群体所产生的作用，话语语境、文化阐释模式的生成、转换、再生的机制，社会现象被不同的社会群体感知、接受的过程，成了研究的主要任务。在历史的层面，则要重构其文化阐释模式。分析的关键是从这些语境中产生出了哪些理解与误解，人类自己编织的意义网是怎样把人自己套入其中的，这些文化实践是怎样对他们进行编码的。在德语中大多以复数形式出现的 Kulturwissenschaften（文化学）称谓反映出的也正是这种对多元化的承认。在研究方法上，文化学也不再要求排他的、放之四海而皆准的理论体系，研究的多种方法并存。如果说后现代的讨论与后工业社会的发展紧密相关，那么文化学的诞生也是多媒体社会挑战的结果。

　　对此，深受后结构主义影响的弗莱堡大学日耳曼学者弗里德里希·基特勒（Friedrich Kittler）在他发表于 1985 年的教授资格论文《记录体系 1800/1900》①中，要求打破传统的文学研究的界限与做法，摆脱传统的作品阐释，将关注以精神预设的所谓意义为前提的人文科学

---

① Friedrich Kittler: *Aufschreibesysteme 1800/1900*. München: Fink 1985.

研究转向媒介研究。① 在他看来，近几百年的人文科学忽略了简单的事实：认识的条件是由技术前提决定的。1800 年前后普遍的文字化过程引发的教育革命，并非源自形而上学的知识，而是源自媒介。1900 年前后电影、留声机、打字机等数据储存技术的发展，打破了文字的垄断，形成了媒介的部分组合，催生了心理物理学、心理技术学、生理学等学科。2000 年前后"在数字化基础上的媒介的全面融合"②带来对数据的任意操控，决定什么是真实的，不是主体或意识，而是集成电路。如此，文化也就是一个数据加工的过程。当今的新媒介的挑战不仅对媒介研究的兴起起到了催化作用，新媒介生成的格局也促使研究重新审视媒介的历史，重构当今与历史的关联。

随着文化学研究的展开，历史的建构特点更加凸显出来，几乎成为研究界的共识，因此，对历史传承方式的追问，对记忆的运作方式、媒介条件以及个体记忆的社会关联的探讨成为关注的热点。海德堡大学埃及学教授扬·阿斯曼(Jan Assmann)在他发表于 1992 年的重要论著《文化记忆——早期文明中的文字、回忆与政治同

---

① 参见 Friedrich Kittler："Wenn die Freiheit wirklich existiert，dann soll sie heraus. Gespräch mit Rudolf Maresch". In: *Am Ende vorbei*. Hg. von Rudolf Maresch. Wien: Turia & Kant 1994，S. 95-129.

② Friedrich Kittler: *Grammophon Film Typewriter*. München: Brinkmann & Bose 1986，S. 8.

一性》①中，对在文化认同上具有重要意义的集体记忆做
了"交往记忆"与"文化记忆"的区分：前者依赖于活着的
人，主要通过口头形式传承，它构成了个体与同代人的
认同感的基础，并建立了与前辈的历史关联；而后者则
是"每个社会、每个时代特有的重复使用的文本、图像
与仪式的存在"②，"那些塑造我们的时间与历史意识、
我们的自我与世界想象"③的经典。"文化记忆"通过生成
回忆的象征形象，为群体提供导向和文化认同基础。因
此，阿斯曼的研究更加关注文化记忆，即超越交往记忆
的机构化的记忆技术。如此，记忆研究的核心问题是探
讨个人、群体是怎样通过记忆的中介而建构对自身与世
界的理解模式的。这样，记忆研究可以重新建构同时存
在的不同时期的回忆过程。

作为表述形式，或者说讲故事，文学是人的存在的
基本条件，它不仅述说着人的经验与愿望，阐释着世界
与自身，同时也承载着人类的知识与传统。随着文字的
发明，储存于人的身体之内的经验、知识、记忆得以摆
脱口耳相传这种单一的外化的流传方式，通过文字书写

---

① 参见 Jan Assmann：*Das kulturelle Gedächtnis. Schrift，Erinnerung und politische Identität in frühen Hochkulturen*. München：Beck 1992.
② Jan Assmann："Kollektives Gedächtnis und kulturelle Identität". In：Jan Assmann/Tonio Hölscher（Hg.）：*Kultur und Gedächtnis*. Frankfurt am Main：Suhrkamp 1988，S. 15.
③ Jan Assmann："Das kulturelle Gedächtnis". In：*Thomas Mann und Ägypten*. München：Beck 2006，S. 70.

而固定下来。而印刷术的发明不仅为机械复制提供了技术条件，使得远程交往成为可能，同时也导致了知识秩序的重组，感知方式的变化，想象力的提高。以百科全书派为标志的启蒙运动推动了知识的普及，促成了文学发展的高峰。特别是被称为"市民艺术"的小说的发展，不仅迎合了市民随着教育的普及、业余时间的增多而产生的消遣的需求，而且"孤独"的小说阅读促进了人的个性发展。工业化、城市化的进程改变了人的交往方式、空间理解，促使人重新思考人的定位，机器作为新的参照坐标，加入了以上帝、动物为参照的对人的理解模式之中。

把文学作为鲜活生动的文化史料置于历史语境中来考察，不仅可以观察文化的建构机制，同时也可以凸显出文学的历史、社会、文化功能。而在如此理解的文化学视角下的文学研究中，文学不再是孤立的审美赏析对象，也不是某种思想观念或社会状况的写照，或者某种预设的意义载体，而是文化体系的重要组成部分，文学以其虚构特点，以其生动直观的表述方式，在与其他话语的交织冲撞中参与着文化体系的建构以及对人的塑造。

二十多年来，我们尝试将这种文学研究的范式纳入德语文学研究与研究生教学实践中。可以说，"文化学视角下的德语文学研究系列"所展现的就是这一尝试的成果。这些成果从文化体系的某一个具体问题入手，尝试探究这一问题的历史转换与文学对此的建构作用。这些成果的生产者大多从硕士学习阶段就以文化学研究视角为基本导向开始了研究实践。每周 100～200 页的文学与理论文本阅读、集体讨论，每学期 3～4 次的读书报告、十几页的期末论文，不定期的研读会、国内与国际的学术研讨会，使这些论著的作者逐步成长为有见地的研究者。如果说现在流行的"通识教育"大多已沦为机构化的形式口号，那么这些作者则在唯分数、唯学位模式的彼岸，在文化学问题意识的引导下，把思考、探讨、研究变成了一种自觉。问题导向把他们引向了历史的纵深、学科的跨界、方法的严谨、理论的批判与对当今的反思。

希望这些论著的出版在展示文化学研究范式的同时，能够对文学与文化的理解提供有益的帮助，对文学研究的发展起到推动作用。

衷心感谢该系列丛书作者的辛勤劳动，诚挚感谢北京师范大学出版社谭徐锋工作室的精心编辑。

王炳钧　冯亚琳
2019 年 8 月中旬

目 录

导　论

　　欧洲社会伴随启蒙运动的兴起而进入倡导科学与理性的时代,启蒙运动推动了自然科学的迅速发展,而一直以来传统的文学与艺术作品中面对自然科学和技术的发展呈现出一种矛盾的态度,造成了乐观主义和悲观主义两种截然不同的倾向,与支持技术进步的态度相伴的是对于技术改变自然将导致自然与人之间和谐关系发生改变的担忧。

　　英国作家兼物理学家 C. P. 斯诺(Charles Percy Snow)在 20 世纪 50 年代末发表了题为《两种文化与科学革命》(*The Two Cultures and the Scientific Revolution*)的演讲。四年后针对同一主题,他又发表了题为《再谈两种文化》(*The Two Cultures and a Second Look*)的演讲。在这两次演讲中,他在其中谈及自然科学和人文科学分裂的问题,并提出著名的"两种文化"的观点。他认为,在他所处的时代,整个西方的文化生活分裂成了两极群体:"一极是文学知识分子,另一极是科学家,特别是最有代表性的物理学家。二者之间存在着互不理解的鸿沟……"①斯诺所指的"两种文化"中的一方是以文学家为代表的"文学文化"(literary culture)，另一方是包括自然科学和应用科学在内的"科学文化"(scientific culture)及其思想和行为方式。显然，在斯诺的定义中，同一种文化并不仅仅指向精神层面上的共性，还有行为方式上的共同点。所以，他对"科学文化"的解释是："科学文化确实是一种文化(scientific culture)，不仅是智力意义上的文化，也是人类学意义上的文化。这就是说，其成员并不一定总是、当然实际上常常并不总是互相完全了解的。生物学家对当代物理学的理解往往十分模糊，但他们却具有共同的态度、共同的行为标准和模式、共同的方法和设想。这些相同之处往往令人吃惊地深刻而广泛，贯穿于任何其他精神模式之中，如宗教、政治或阶级模式。"②他在谈到文学学者和科学家之间的疏离和相互不理解时，指出了最有代表性的两种偏见：科学家被认为持有浅薄的乐观主义，而文学学者则被认为缺乏远见。

在关于偏见的阐述中，斯诺对文学学者的态度要更加严厉。他认为："这种不了解比我们已知的还要深入得多地起作用，给整个'传统'文化带来的非科学气氛，而这种非科学的气氛又往往转化为反科学……"③如在英

① ［英］C. P. 斯诺：《两种文化》，纪树立译，4 页，北京，生活·读书·新知三联书店，1994。
② ［英］C. P. 斯诺：《两种文化》，9 页。
③ ［英］C. P. 斯诺：《两种文化》，11 页。

国工业革命刚刚兴起时，传统文学对其不屑一顾。在谈论后果时，他认为，不理解甚至误解是由于缺乏交流，这也成为解决社会问题乃至更大的世界问题时的障碍，而在他的论述中，他更多地是希望人文学者一方对于自然科学和技术的发展给予足够的理解，用包容的态度去正确看待对方，另外他对当时英国过于专门化的教育制度也提出了疑问，期望可以从教育改革入手改善两种文化间的不理解状况。

在斯诺关于科学革命的论述中，明显可以看出他认为自然科学具有未来气质，而人文科学则被打上了"传统"的标记。这种划分过于简单而片面，实则加深了人们对于两种文化的区分，这种两种文化的论点使得试图把不同科学发展作为总体科学文化发展的表述变得不可能。两种文化二分法的根源可以追溯到笛卡尔的自然与精神二元论。在此二元论下，非自然的是精神的。在科学的谱系下，人文科学(Geisteswissenschaft)①则指的是

_____

① 在德语里，表示人文科学和自然科学概念的单词分别是 Geisteswissenschaft 和 Naturwissenschaft，两个词的词根都是-wissenschaft，可见，德语中的 Wissenschaft(科学)是一个总体的概念，不直接等同于英语的 science(科学、自然科学)。Geisteswissenschaft 一词一般参照汉语习惯译作人文科学，少数情况下译为精神科学。也有学者为了更准确地表述德语单词 Geist 的原意而将其译作"灵的科学"，此说法可参见刘皓明：《荷尔德林后期诗歌》，上海，华东师范大学出版社，2009。关于德语中 Geisteswissenschaft 这一概念的历史演变可参见 Wolfgang Frühwald/Hans Robert Jauß/Reinhart Kosellek u. a.：*Geisteswissenschaften heute. Eine Denkschrift*. Frankfurt am Main：Suhrkamp 1991.

不以自然作为研究对象的学科。这种二元论思维方式的另一个结果是人文科学各学科努力寻找自己的研究方法，在 19 世纪后期实证主义盛行的背景下，德国哲学家威廉·狄尔泰(Wilhelm Dilthey)抨击实证主义把用于自然科学的方法放到人文研究中。他认为自然科学研究的是外在于意识的东西，在研究自然的过程中，科学家在观察、实验的基础上构造假说，再用经验事实来加以检验，从而说明自然的关系和规律；而人文科学或精神科学的研究对象是人的精神生活本身。针对这两种不同的研究领域，他提出："我们解释自然，我们理解精神生活。"①狄尔泰将人文科学区别于自然科学，并提出人文科学自身的方法论，这实际上也是从 18 世纪晚期开始在启蒙思想影响下讲求知识实用性的目的理性(Zweckrationalität)处于优势地位的背景下周期性凸显的"人文科学合法性危机"②的反映，人文科学的自我认识也成为相关学科一直讨论的话题。

在思考人文科学的角色和功能时，有一种思路是关于人文科学"补偿理论"(Kompensationstheorie)的说法，哲学家欧多·马克瓦特认为人文科学的作用在于平衡由于自然科学和技术革新的高速发展带来的现代性后果，

---

① Wilhelm Dilthey: *Gesammelte Schriften*. Band 5. Leipzig/Stuttgart: Teubner 1990, S. 144.

② Wolfgang Frühwald/Hans Robert Jauß/Reinhart Kosellek u. a.: *Geisteswissenschaften heute. Eine Denkschrift*. a. a. O., S. 81.

他提到："人文科学维护着传统，使人们得以忍受现代化……它并不与现代化为敌，反而由于其作为现代性后果的补偿使现代性成为可能。"①马克瓦特的观点——"世界越是现代化，就越是需要人文科学"②以及"实验性的自然科学是挑战，人文科学是回应"③——获得了很多人文科学家的支持。然而，这种说法不仅使"两种文化间界限不可打破的神话"④以新的面貌和表述呈现出来，也使得人文科学被认为的保守性质得到证实，在这种论调下，创新只是自然科学与技术领域的事，人文科学主动放弃了创新，导致了人文科学的边缘化，有沦为一种仅仅能"使人放松的科学"（Entspannungswissenschaften）⑤的危险，而不再解决科学的问题。"它不仅帮助人们忍受现代化的问题，还促进人们接受现代化……并参与到构建一个启蒙的、指向未来的理性中。"⑥

　　针对欧多·马克瓦特这种将人文科学的作用定性为弥补作用的说法，以沃尔夫冈·伏利瓦尔德（Wolfgang Frühwald）为代表的德国人文学者在《当今人文科学》

---

① Odo Marquard：" Über die Unvermeidlichkeit der Geisteswissenschaften". In：ders：*Apologie des Zufälligen. Philosophische Studien.* Stuttgart：Reclam 1986，S. 105.
② Ebd. , S. 101.
③ Ebd. , S. 101
④ Wolfgang Frühwald/Hans Robert Jauß/Reinhart Kosellek u. a. ：*Geisteswissenschaften heute. Eine Denkschrift.* a. a. O. , S. 25.
⑤ Ebd. , S. 33.
⑥ Ebd. , S. 33f.

(*Geisteswissenschaften heute*)一书中认为，人文科学不仅要能"叙述"（erzählen）历史，还应该有能力"论证"（begründet sagt）事实是什么和可以成为什么。人文科学的任务应同时包括反思（Nachdenken）和展望（Vorausdenken）两个方面。①

现代化（die Modernisierung）不只是自然科学与工程学领域的概念，它本身就是一个历史的、精神史的现象，不仅存在于我们生活的外在关系中，也存在于我们的头脑里，一直以来就是哲学等人文科学研究的对象。相对于"补偿理论"对人文科学的过低要求，另一种极端则包含对其过高要求的危险，即把人文科学称为"导向的科学"（Orientierungswissenschaften）②。这种说法同样有失偏颇，因为不仅人文科学具有导向和指路的功能，自然科学同样具备这种功能，这是一个总的任务。

为了消除两种文化和学科之间不可逾越的界限，《当今人文科学》建议放弃传统的人文科学的概念，以文化科学取而代之，文化学致力于研究将"文化作为一个所有人类劳动和生活方式的总体概念，这个文化整体同时包括自然科学和其他科学的发展。其研究对象是世界

---

① 参见 Wolfgang Frühwald/Hans Robert Jauß/Reinhart Kosellek u. a.: *Geisteswissenschaften heute. Eine Denkschrift*. a. a. O., S. 34f.
② 参见 ebd., S. 35f.

的文化形式（die kulturelle Form der Welt）"①。文化学打开了一个新的视野，这种转向不仅意味着研究视角的转换，其研究领域也要求必须打破传统的专业界限，在这种背景下，各学科可以从不同角度共同探讨某一问题，人文科学在科研中也具备跨界的、整合的和对话的能力。同样，自然科学也不是独立于社会之外的，而是和社会其他方面相关的。在科学技术发展的讨论中，人文科学除了对已经出现的现象做出反应外，还包括对科学技术发展的未来做出展望和设想，以及提出从伦理、道德等方面需要考虑的问题。人文学者在科学技术的讨论中应该起到主动参与而非补偿或平衡的作用。

　　本书正是以将文化作为总体概念的文化学为出发点和前提，立足于启蒙运动之后的德语文学，研究不同历史时期德语文学作品中反映出的机器作为科学技术的产物与人之间的关系，以及技术与机器对人的影响。将文化学作为论述的前提，主要是因为它所具有的开放性和多元性的特点，提供了对文学文本从多视角进行探讨的可能性。文学作为历史语境下的一种实践活动，不仅仅是对现实的描摹与再现，其虚构性的本质更是将人对自我及世界的认识和理解进行了审美化的建构和演示。通过与历史语境的互动而参与历史的建构，文学文本承载

----

① Wolfgang Frühwald/Hans Robert Jauß/Reinhart Kosellek u. a.：*Geisteswissenschaften heute. Eine Denkschrift*. a. a. O.，S. 41.

着特殊的历史与文化意义。

在从文学史的角度纵观科学技术发展在文学作品中的反映的研究者中，影响较大的有汉堡大学教授哈洛·塞格贝尔克(Harro Segeberg)。他于 1987 年主编出版的《文学中的技术》(*Technik in der Literatur*)①一书选编了 12 篇从不同角度探讨文学与技术之间关系的文章。塞格贝尔克于 1997 年在《技术时代的文学》(*Literatur im technischen Zeitalter*)②一书中对这一主题重新进行了整理和补充，梳理了从启蒙运动开始到 20 世纪初不同历史阶段里技术的发展及其在文学中的表现。类似百科全书式的参考书目还有 1987 年乌尔里希·奥特(Ulrich Ott)编写的《工业时代的文学》(*Literatur im Industriezeit-alter*)③。关于机器与人的关系，凯特·迈尔-德拉维(Käte Meyer-Drawe)在《以机器为镜的人》(*Menschen im Spiegel ihrer Maschinen*)④一书中，从历史人类学的角度，探讨了在机器的发展过程中，人以机器为参照物所进行的自

---

① Harro Segeberg：*Technik in der Literatur*. Frankfurt am Main：Suhrkamp 1987.

② Harro Segeberg：*Literatur im technischen Zeitalter：Von der Frühzeit der deutschen Aufklärung bis zum Beginn des ersten Weltkrieges*. Darmstadt：Wissenschaftliche Buchgesellschaft 1997.

③ Ulrich Ott (Hg.)：*Literatur im Industriezeitalter. Eine Ausstellung des deutschen Literaturarchivs im Schiller-Nationalmuseum*. Marbach am Neckar：Deutsche Schillergesellschaft 1987.

④ Käte Meyer-Drawe：*Menschen im Spiegel ihrer Maschinen*. München：Fink 1996.

我理解的变化。托马斯·塔贝尔特(Thomas T. Tabbert)在
《人·机器·上帝》(*Menschmaschinengötter*)[①]一书中分析
了各时期文学作品(不限于德语文学)中的机器人和人造
人的主题，以及相关的伦理学、美学和法学的思考。

　　此外，笔者在收集和阅读中文相关文献的过程中注
意到，目前国内德语文学界有关机器主题的研究还较
少，并且传统的研究多集中在劳动机器和人的异化这个
方面，所以笔者认为有必要从机器概念的发展以及机器
在不同语境下的多义性角度入手，对机器主题及其在文
学中的表现形式进行深入的探讨。

　　考虑到上述德语文献中已经就技术主题在文学作品
中的反映做了详细的梳理，本书不会重写反映技术和机
器发展的文学史，而是着眼于启蒙运动以来几个重要历
史时期的文学文本中的不同机器类型，结合历史语境进
行文本分析，以探讨在不同时期人与不同的机器模型的
互动中人与机器之间的关系。

　　在本书第一章中，首先对书中的关键词如技术、文明、
机器的概念及诸概念的历史发展做简单的梳理，而文明和
文化这两个概念在德语以及法语和英语中的含义不尽相
同，因此该章也会对德语文化一词的发展做初步的探讨。

　　本书第二章从历史人类学的角度围绕人在自我理解

[①]　Thomas T. Tabbert：*Menschmaschinengötter*. *Künstliche Menschen in Literatur und Technik*. Hamburg：Artislife 2004.

的过程中以上帝、动物、机器为参照的哲学语境和 18
世纪欧洲盛行的作为玩乐机器的机械机器人的历史事实
两方面来展开讨论。从文艺复兴开始，人类对宇宙和自
然的原有的观念发生了转变，在依然肯定上帝造物主地
位的同时，人类开始思考和发掘自身的潜力和创造力。
伴随医学尤其是解剖学的发展，人对自身身体的构造有
了越来越清晰的认识，以拉美特利为代表的哲学家开始
站在唯物论的立场来解释人的身体，将身体甚至整个人
比作机器。而 18 世纪欧洲出现的大量以人为样本的机
械机器人说明复制人从技术上来说已经成为可能，尽管
这种机器人大多是以钟表的发条装置来驱动的自动装
置，却是当时人用来认识自身的一面镜子。在 1800 年
前后，克莱斯特（Heinrich von Kleist）、让·保尔（Jean
Paul）、E. T. A. 霍夫曼（E. T. A. Hoffmann）都在自己的
作品中对人形机器人的出现做出了回应，尤其是霍夫曼
对这一主题表现出了极大的兴趣。他在《机器人》（*Die
Automate*）中充分利用了文学虚构性的优势，将真实存
在的机器人与神秘力量和魔力等联系在一起。在《沙人》
（*Der Sandmann*）中，霍夫曼进一步放大了机器人对人
的影响。书中的木偶人奥林匹娅一方面是投射在沉浸于
自己内心世界之中的纳塔奈尔内心的对象，另一方面也
是以克拉拉为代表的市民社会中被规训了的、理性化了
的一类人的参照物。

　　本书第三章从作为玩乐机器的机械机器人过渡到伴

随工业革命而大规模出现的劳动机器和由于蒸汽机的发明而在 19 世纪的欧洲得到迅速发展并对社会和人类个体产生重要影响的火车和铁路技术。不同于马克思之从政治经济学的角度分析 19 世纪工业化大生产中技术和机器对人的奴役，20 世纪的哲学家海德格尔虽然也指出了现代技术的危险，但他着重从现代技术与自然和人之间的关系出发追问技术之本质。对工厂中劳动机器与人的关系的描写是文学研究中的一个传统主题，故而本书在此不再赘述，论述的重点将放在德语文学作品中的火车和铁路。从浪漫主义晚期到表现主义时期，在大约一百年的时间里，火车和铁路都在文学作品中占有一席之地，尤其是在诗歌当中。此外，诺贝尔文学奖得主、自然主义作家豪普特曼在中篇小说《道口工提尔》中将铁路作为"物象征"(Dingsymbol)，使铁路在小说的结构上贯穿始终。火车对于身为道口工的主人公提尔来说并非只是服务于人的工具，它从小说的一开始就显示出危险性和暴力性，并导致了最后悲剧的发生。

如果说自然主义作家更多关注的是细致地、写实地描写技术时代人们的生活，20 世纪初的表现主义作家则不再对技术世界进行单纯的摹写和反映，而是通过"情感、意识、表达方式和形式的极端化"[①]来展现现实。火

---

① 　Waltraud Wende："'Augen in der Großstadt' — die Großstadt，ein Wahrnehmungsraum der Moderne". In：ders.（Hg.）：*Großstadtlyrik*. Stuttgart：Reclam 1999，S. 26.

车主题也不再孤立地被描写，而只是人们周围被技术改变了的世界的一部分。

　　本书第四章中涉及实体的机器和隐喻的机器这两种不同形态的机器。德国社会学家马克斯·韦伯在其理论体系中详细论述了官僚制机器这种现代社会企业和机构的组织形式以及现代人置身其中无法抗拒的时代宿命。笔者选取卡夫卡首部长篇小说《失踪的人》(*Der Ver-schollene*)作为在该章进行解读的文学文本，是由于小说中不仅描写了现代企业中靠使用电话、电报机、电梯等机器设备工作的小人物的生存状态，还有城市中交通状况和交通工具对人的空间感知的影响，此外小说结尾处出现的俄克拉荷马大剧院则具有机器般的运转机制，这两种形态的机器从具体到抽象地展现了现代社会人与机器的关系。

　　本书第五章转向分析受工具理性影响的人的思维的机械化。在人类遭遇第二次世界大战这一人为灾难的时候，对启蒙的反思或者说对近现代理性化进程中理性至上思想的反思达到了顶峰。法兰克福学派霍克海默(Max Horkheimer)和阿多诺(Theodor W. Adorno)在《启蒙辩证法——哲学断片》(*Dialektik der Aufklärung. Philosophische Fragmente*)中批评的正是工具理性思维所导致的人与自然、人与人之间以及人与自身的异化。瑞士作家马克斯·弗里施(Max Frisch)在1957年发表的小说《技术人法贝尔》(*Homo faber*)中塑造了一个极端崇尚理性并以机械化思维对待自然、人和事的人物形象。在对文本的解读中，除了分析法贝尔的机械化思维是如何压抑与排斥一切非理性因素并最终走向失败之外，法贝尔与他随身携带的刮胡刀等家用小型机器之间的关系也为在现代生物技术时代人的身体与机器组装的发展进程做了铺垫。

　　本书正文主体部分的最后一章探讨在智能技术时代人与机器之间关系的发展，现代的机器人制造技术和人工智能不再局限于对人的外貌的模仿，更多地是模仿人的思维方式。另外，在生物技术介入人体之后，人体的机器化引发了对人的定义的重新思考，机器与人的关系和界限成为伦理学、法学等各学科讨论的热点，而机器人、克隆人、人机合成体等也成为面向未来的科学幻想小说的重要主题。

第一章　技术与机器概念的演变

一、文化与文明

　　近代科学技术的发展和人的理性化过程都与文明的进程息息相关，而文化（Kultur）和文明（Zivilisation）两个概念在德语中与在法语和英语中的含义有区别，因此有必要首先对文化和文明的概念在德语中的发展做初步的探讨和界定。[①]

　　德语中的 Kultur 一词通常翻译成"文化"，其词源要追溯到古典拉丁语中的 colere 一词及其名词形式 cultura。

---

① 该章在涉及对 Kultur 和 Zivilisation 词源的考查和概念发展的讨论时，主要参考的是《欧洲关键词》第 3 册《文化与文明》一书中米夏埃尔·普复劳姆（Michael Pflaum）撰写的《德语中文化与文明的对立》（Michael Pflaum："Die Kultur‐Zivilisation‐Antithese im Deutschen". In：Sprachwissenschaftliches Colloquim（Hg.）：*Europäische Schlüsselwörter*. Band 3：*Kultur und Zivilisation*. München：Hueber 1967，S. 288-422）这一部分。对其他文献的参考和引用则另作注释。

cultura 一词在古典拉丁语中就不仅指对耕地的改造和对树木、家畜的看护，已经明显地还与精神领域有联系，即对灵魂进行的耕作，如西塞罗（Cicero，公元前 106—公元前 43）所认为的："哲学是对（人的）灵性的培养。"（cultura... animi philosophia est.）[①]但在中世纪时，cultura 一词的使用范围明显缩小，一个与宗教无关的、自主的人格与这一时期基督教的生活观念不相符合，重要的只是对合乎道德与宗教的人格的改善，而并非使外在的生活形式变得高贵优雅。对西塞罗或后来德国古典主义来说是重要的对才智的教育和社会交往的培养，在中世纪则属于无关紧要的问题。所以 cultura 在这一时期仅仅作为农业领域的专业用语，表示耕作、农耕。1684 年，萨姆尔·普芬多夫（Samuel Pufendorf，1632—1694）在其作品《论自然法和国家》（*De Iure Naturae et Gentium*）中的 13 处地方谈到了"对灵魂的培养"（cultura animi），这对 cultura 概念的发展影响重大。[②] 普芬多夫沿用了西塞罗的定义，在使用该词时已经将其作为与自然状态和野蛮相对立的概念，用以描述社会秩序、国家统一和高尚的生活。cultura 在此表达的是更强的工作能力和更广泛的享乐的可能性。它也指完成的效果和享乐

---

① *Thesaurus Linguae Latinae*. Band Ⅳ. Leipzig：Teubner 1906-09，Sp. 1323.

② 参见 Isolde Baur：*Geschichte des Wortes Kultur und seiner Zusammensetzungen*. Diss. München 1951，S. 61.

手段自身。① cultura 一词词义的发展导致了一种价值概念的形成，它指向一种超越自然状态的存在形式。②

　　18 世纪中期，德语中出现了 Kultur 一词，它首先是农业、林业领域的专业词汇，指的是对树林的养护、对土地的耕作和树木的种植。由于拉丁语在其定义上所做的准备工作和作为农业专业词汇所包含的栽培和养护的动作性，Kultur 的概念很快扩展到精神领域。如同养护农田和森林，人们也希望提升人的教养，所以在 1760 年到 1830 年这段时期，Kultur 主要指一种高雅的存在形式，与个体的道德行为相关。在歌德时代，Kultur 总是与对个体的教育和教养的观念相关联的。在歌德看来，Kultur 指的是"道德的完善，是美感的表达和丰富的知识"③。直到 1800 年左右，这种对个体精神和灵魂完整性的追求都一直是 Kultur 概念的核心，而 1800 年之后，Kultur 概念中客观抽象的意味在逐渐加强，即它脱离了个人范畴，不再特指对一个人的培养，而是成了一个客观的、抽象的概念。从 19 世纪中期起，Kultur 的概念开始在两个意义领域发生分离：一方面，歌德时代对该词的定义在日常用语中继续沿用；另一方面，它成了一个与历史学、民族学和哲学相关联的客观的科学

① 参见 Isolde Baur: *Geschichte des Wortes Kultur und seiner Zusammensetzungen*. Diss. a. a. O., S. 63.
② 参见 ebd., S. 64.
③ Ebd., S. 84.

术语。后者则发展成为如今的"文化"概念。1860 年，雅
各布·布克哈特(Jacob Burckhardt，1818—1897)的《意
大利文艺复兴时期的文化》(*Kultur der Renaissance in
Italien*)一经出版，历史学意义上的文化概念即诞生①，
此即我们如今使用的与时间和空间相关的文化概念。在
布克哈特看来，一个民族的特殊精神通过它的文化习俗
表现出来，文化代表一个时期内一个民族的总的精神状
态。② 由于理性思想的盛行，文化被看作与自然相对立
的概念，自然则被认为是处于次要地位的，或充其量是
文化的前阶段。③ 布克哈特把文化定义为"一个时期的生
活方式、知识、习俗和宗教的总体"④，就此，人们也开
始区别在不同的时间和空间里所产生的不同的文化，经
常用以描述生活于同一环境、由共同的习惯和生活方式
联结起来的人群的特性。而最初涉及整个人类、从个体
出发来被讨论的 Kultur 的概念也有了明确的限制和更确
切的定义，教育、科学、艺术和语言通常是其主要的内

---

① 在本章谈到的文化(Kultur)一词都是放在德语文献的历史语境下来考
　　察的。
② 参见 Isolde Baur：*Geschichte des Wortes Kultur und seiner Zusam-
　　mensetzungen*. Diss. a. a. O.，S. 109.
③ 在 Brockhaus 百科全书中对 Kultur 一词最广泛的定义是："一切人类
　　创造的，非自然存在的东西。"参见 *Brockhaus. Enzyklopädie. In
　　vierundzwanzig Bänden*. Neunzehnte，völlig neu bearb. Aufl. Band 12.
　　Mannheim：F. A. Brockhaus 1993，S. 580.
④ Isolde Baur：*Geschichte des Wortes Kultur und seiner Zusammenset-
　　zungen*. Diss. a. a. O.，S. 116.

容组成部分，只是在理解时，有的学者更倾向于其精神性，有的更倾向于其事实性。其与事实性相关的层面则与 Zivilisation（文明）的概念有相通的地方。在日常用语中，Kultur 一词的使用范围则变得模糊，有时仅仅是为了用来描述看起来有价值的、富有表现力的事情。但明显的是，Kultur 一词表示人格和教育的意义逐渐减弱，而用以表示事物或事情形式高雅化了的意义逐渐占据主导地位。

    几乎与此相仿，在德语中 Zivilisation 一词的出现也是在 18 世纪中期。启蒙运动时期，德语中需要有一个概念来表达通过获得教养、教育、艺术陶冶和知识而实现的高雅的存在形式，将个人和社会的高雅状态与其自然状态区分开来。在法语和英语中，这种更高的生存形式分别被称为 civilisation 和 civilization，而在当时的德语学者中，则在 Kultur 和 Zivilisation 两个词的选用上存在争议。Zivilisation 的词源要追溯到古典拉丁语中的 civis 一词和由它派生的形容词 civilis，对其词义发展具有重要作用的是在古罗马帝国时期形成的 civilis 的转义，即"一个好的公民所需的礼仪"（das，was sich für einen guten Bürger ziemt）[①]，除了罗马公民需要具备的法制观念以外，它强调讲究的、有教养的举止，用以将

----

① *Thesaurus Linguae Latinae*. Band Ⅲ. Leipzig：Teubner 1906-12，Sp. 1217.

罗马公民和乡下人区别开来。homo civilis 则指的是有教养的公民。而到了中世纪，它的词义缩小为基督教的美德(virtus)，不再用它来描述独立的人格。直到人文主义时期，它古典拉丁语的含义才得以恢复使用。在德西德里乌斯·伊拉斯谟(Desiderius Erasmus，1466—1536)的笔下，我们可以重新发现该词中包含的教养或文明(Gesittung)的含义。弗朗西斯·培根(Francis Bacon，1561—1626)在《宣告一场圣战》一文中使用了"文明的民族"(nationes civiliores)与"野蛮的民族"(nationes barbarae)这两个对立的概念，为之后出现的文明的概念奠定了思想基础。[①]

　　德语中 Zivilisation 一词的出现大概是在 1775 年左右，是从法语和英语借鉴过来的，其词义主要受到了法语 civilisation 一词的影响。在 18 世纪，法语单词 civilisation 首先是指 1789 年大革命之前法国社会贵族和公民阶层价值观融合的过程，是在市民阶层崛起的背景下，代表身份、礼仪和修养的宫廷价值观和代表技术、经济进步和争取权利平等的市民价值观的融合。在法语中，civilisation 一词一开始就具有表示内在修养和外在进步的双层含义，而德国缺失了这样的一个社会发展过程，所以在德语中，Zivilisation 在 18 世纪下半叶甫一

① 参见 Michael Pflaum：*Geschichte des Wortes "Zivilisation"*. Diss. München 1961，S. 3f.

出现就被看成是对"表面的""肤浅的"进行的现代性的表述，是与表示"内在的""深层的"文化(Kultur)的概念相对的。①

德国思想界对这两个概念的区分最早出现在 1784 年康德(Immanuel Kant)写就的《世界公民观点中的普遍历史观念》(*Idee zu einer allgemeinen Geschichte in weltbürgerlicher Absicht*)一书的第七个命题中。康德在书中区分了文明(Zivilisation)、文化(Kultur)和道德(Moralität)这三个概念。他认为："文化有两个高级的表征，即艺术与科学。在文明社会里，人们在礼貌与礼仪方面进行了过分的强调，然而这并不代表道德化。因为，道德观念是属于文化的。仅仅注重礼貌与礼仪只是一种虚荣的道德，它看起来似乎是一种道德，其实只不过属于文明化过程中的一个较低级的层次。"②文明、文化和道德在此呈现一种由外而内、由低级到高级的递进关系。

在文化和文明两个概念的关系发展中最为明显的是，1900 年前后，二者被置于完全对立的位置。技术进步带来的负面影响日益明显，通过科学与技术进步所创

---

① 参见 *Brockhaus. Enzyklopädie. In vierundzwanzig Bänden.* Neunzehnte, völlig neu bearb. Aufl. Band 24. Mannheim: F. A. Brockhaus 1994，S. 578 的 Zivilisation 词条。

② Immanuel Kant: *Kant's gesammelte Schriften.* Band Ⅷ. Hg. von der königlich preußischen Akademie der Wissenschaften. Berlin: Reimer 1923，S. 26.

造的物质与社会生活条件被划归文明的范畴，与文化脱
离了关系，而人类生活的精神领域，如宗教、艺术、科
学、文学和哲学则属于文化的范畴。这种观点首先出现
在哲学的话语中，最为突出的是弗里德里希·尼采
（Friedrich Nietzsche）在《权力意志》（*Der Wille zur
Macht*）中提到的文明与文化的对立："文化不同于文明，
人们不应该混淆存在截然对抗关系的文化和文明。从道
德上讲，文化上伟大的时代总是堕落的时代；相反，
'文明'的时代则是对兽性进行规训的时代，也是不能容
忍最自由和最大胆的天性的时代。文明所内含的期望不
同于文化的期望，或者是与之完全相反的……"①尼采将
文明看作对天性的驯服和对人的自由的压制，在他的价
值评判体系中，文化是建立在自由的、大胆的天性的基
础上的，扮演着与国家和宗教对抗的角色，文化的最高
目标是激发天才的诞生。另外，在 1900 年左右的悲观
的和文化批判的历史哲学的背景下，此前处于主导地位
的进化论观点发生了逆转，文明国家被认为走上了文化
衰落的道路。②

　　德语中文明和文化概念之间的区分在 1945 年之后

---

①　Friedrich Nietzsche: *Gesammelte Werke*. Band. 18. München: Musarion
　　1926，S. 92

②　参见 *Brockhaus. Enzyklopädie. In vierundzwanzig Bänden*. Neun-
　　zehnte, völlig neu bearb. Aufl. Band. 24. Mannheim: F. A. Brockhaus
　　1994，S. 578 的 Zivilisation 词条。

才变得不那么明显，很多不同学科专家认为对这两个概念做刻意的区分对于历史的总体事实来说是不合适的，这多少也受到了英语和法语中这两个概念的使用范围的影响。如今，对于"文明"概念的讨论主要集中在三个不同的意义层面：①从文化人类学的角度来看，指的是物质技术的、精神科学的、文化的、宗教的、政治的领域以及与此相关的行为模式的发展关联；②指向技术、科学与经济方面的进步，在这个层面上它不同于"文化"的意义；③个人与社会群体行为模式的形成是一种可以与社会化进程相比较的历史心理动力学进程，在这一进程中，之前存在的来自外界的强迫力为内在的自我监管所取代。这层释义与诺贝特·埃利亚斯（Norbert Elias）构建的文明化进程模型相符，并且用文明化这一概念描述了在原则上还未完成的行为规范的形成，这个形成过程使得物质文化、社会机构和技术科学在发展的同时得到控制和规范，发展更加文明的交往模式并达到社会内部的和解。①

二、技术

德语中的 Technik 一词可译作技术、技能、技巧。

---

① 参见 *Brockhaus. Enzyklopädie. In vierundzwanzig Bänden*. Neunzehnte，völlig neu bearb. Aufl. Band 24. a. a. O. ，S. 578.

Brockhaus 百科全书中对 Technik 一词的定义从广义上来看是指一种特殊的行为方式，如绘画技巧；从狭义上来看是指大量工业制造的（部分地也包括手工制造的）人造材料的产物，如工具、机器、设备、建筑物等。[①] Technik 一词在古希腊语中的词源τέχνη(techne)意为"一项特定的技术或能力"，它的扩展词义是"巧妙的设备、艺术和计谋"[②]。美国《连线》(*Wired*)杂志创始主编凯文·凯利(Kevin Kelly)在《技术元素》(*The Technium*)一书的开篇首先梳理了"技术"这一概念的发展史："'技艺'(techne)是古希腊人用来形容给予事物以形状的动作的词，例如，用陶土制作罐子，用木头制作桌子。这有些像我们所说的'手工艺'(craft)，尽管其含义远远大于简单的手工劳动。这是一门带有创造精神的手工活，它更像是一门艺术。"[③]"技术"表示技能和技巧的这一含义在个别情况下沿用至今，如当人们谈及绘画的技术或钢琴弹奏技巧时。在古希腊，"技艺"也用于表示"在各种情况下以智取胜的能力"[④]。在古希腊神话中就流传着各种被称

---

① 参见 *Brockhaus Enzyklopädie. In vierundzwanzig Bänden.* Neunzehnte, völlig neu bearb. Aufl. Band 21. Mannheim：F. A. Brockhaus 1993，S. 672 的 Technik 词条。

② ［英］亚当·罗伯茨：《科幻小说史》，马小悟译，21 页，北京，北京大学出版社，2010。

③ ［美］凯文·凯利：《技术元素》，张行舟、余倩、周峰等译，2 页，北京，电子工业出版社，2012。

④ ［美］凯文·凯利：《技术元素》，3 页。

为"技艺"的小把戏。例如，"奥德修斯之所以成为英雄，部分原因在于他制造了一些能逃脱诸神和命运设下的陷阱的小发明（'技艺'）"①。

德国哲学家海德格尔（Martin Heidegger）在他论述技术的《追问技术》（"Die Frage nach der Technik"）一文中指出，在柏拉图之前的古希腊，"技术"（techne）一词和"认识"[episteme：epistemology（认识论）的词源]一词是交织在一起的，是广义的"认识"的概念。② 但是自柏拉图和亚里士多德以后，这两个词之间开始有了界限，他们区分了两种形式的"认识"："柏拉图和亚里士多德把 episteme 预留给他们自己的哲学，而丢弃 techne，认为它是智者派有伤风化的诡计，是修辞而非真理。"③在柏拉图的理论中，理念高于实际，所以手工艺和技艺自然被认为是低贱的。凯文·凯利总结了古希腊人对手工艺的看法："技艺提供了实用性却没有为人们指明生活的方向。"④同样，柏拉图的学生亚里士多德也是从实用性的角度将手工艺归类于"生产性的艺术"的。他在《修辞学》（Rhetoric）中首次将希腊语 techne 和 logos 组合成一个词 technologia，然而这个词在之后的数个世纪里并没

---

① ［美］凯文·凯利：《技术元素》，3 页。
② 参见 Martin Heidegger："Die Frage nach der Technik". In：ders.：*Vorträge und Aufsätze*. Frankfurt am Main：Klostermann 2000，S. 14.
③ ［英］亚当·罗伯茨：《科幻小说史》，21 页。
④ ［美］凯文·凯利：《技术元素》，4 页。

有被人们广泛使用。直到 1829 年，哈佛教授詹姆斯·雅各布·毕格罗（James Jacob Bigelow）才重新使用"技术"（technology）这个词语来表述现代社会的技术概念。[①]

　　根据格林兄弟的定义，19 世纪初，Technik 一词指的是"手工技能，是经验、规则、原则和技巧的总称，并将其应用在艺术和手工业工作中"[②]。但对这一概念的普遍理解后来则发生了决定性的变化。伴随启蒙思想、法国大革命和工业革命等一系列的思潮与事件对旧秩序的颠覆，新的思想和技术对人们的精神与生活造成了巨大的冲击，"技术"一词的含义也相应发生了改变，从 19 世纪末开始它指的就是在精确的科学基础上根据规则对自然力量进行的掌控。杜登词典中 Technik 的定义为："措施、设置和操作方法的总和，用于使对自然科学的认识变得实际可用；或者说对于正确地实施某事所必需的能力和技巧。"[③]

　　19 世纪初，作为手工技能总和的 Technik 是对人的教育（Bildung）的一部分。到了 19 世纪末，Technik 则

---

① 参见［美］凯文·凯利：《技术元素》，4～6 页。

② Jacob und Wilhelm Grimm：*Deutsches Wörterbuch*．Bearb．von Matthias Lexer u. a. Band 21．München：Deutscher Taschenbuch Verlag 1984，S. 230．此处原文为"Die Kunst- oder Gewerbsthätigkeit und der Inbegriff der Erfahrungen，Regeln，Grundsätze und Handgriffe，nach denen bei Ausübung einer Kunst oder eines Gewerbes verfahren wird"。

③ Dudenredaktion（Hg.）：*Duden．Das Fremdwörterbuch*．Band 5．Mannheim：Bibliographisches Institut 2010，S. 1026．

指借助机器对大自然进行的掌控，它有了自身的目的，或者说它的目的就在于它自身，而不是作为实现其他目的的手段。在这个发展过程中具典型意义的是，Technik 一词新的概念内涵和新的"教育"概念的内涵在发展中分道扬镳，Technik 不再作为"教育"的基础，换句话说，新的对"教育"概念的定义①与这期间人类不断扩张的对世界和自然的掌控之间没有关系。人类创造并不断完善各种工具，并借此征服了越来越大范围内的外部世界。在此同时，他们通过受教育而致力于研究纯粹内在的、个人的主观经验。Technik 逐渐发展成与"艺术"(Kunst)和"文化"(Kultur)相对的范畴。②

三、机器

杜登词典中对"机器"（Maschine）一词的基本定义为："一种部件可以活动的器具，能自主完成工作，以节省人力或畜力。"③《布罗克豪斯（Brockhaus）百科全书》

---

① 新的教育概念指的是启蒙运动时期的教育理念，即对于"完整的人"的教育和培养诉求。
② 参见 Johannes Mahr: *Eisenbahnen in der deutschen Dichtung*. München: Fink 1982, S. 18f.
③ Dudenredaktion （Hg.）: *Duden. Das große Fremdwörterbuch*. Mannheim: Bibliographisches Institut 2007, S. 853. 此处原文为 "Gerät mit beweglichen Teilen, das Arbeitsgänge selbstständig verrichtet und damit menschliche oder tierische Arbeitskraft einspart".

中对 Maschine 的解释为："生产或传递能量以完成有用的工作的装置，即劳动机器，或将一种能量形式转化成为另一种能量形式的装置，即动力机器。杠杆、滑轮、斜面(楔子、螺钉)是简单的机器，用它们和其他的机器部件可以制造组装机器。"①

机器的发展有其自身的历史，根据《布罗克豪斯百科全书》的介绍，旧石器时代带有触发机制的动物捕捉装置可能是人类最早使用的机器，那之后的显著进步是靠琴弓的推动(Fiedelbogenantrieb)实现来回转动的装置。在古希腊和罗马时代，动力机器(Kraftmaschine)和劳动机器(Arbeitsmaschine)扮演着次要的角色，尽管那时人们已经能使用简单机器完成一系列的技术发明和复杂的机械构造，并且知道了水能、风能和热能的效用，但这些知识没有或只是极小化地被用在减轻人的劳动强度方面，较大的机器仅仅是为了战争、修建和采矿的目的而研发的。中世纪的时候，人力在很大程度上是为畜力所代替的。为了促进简单的劳动机器的应用，人们渐

---

① *Brockhaus. Enzyklopädie. In vierundzwanzig Bänden.* Neunzehnte, völlig neu bearbeitete Aufl. Band 14. Mannheim：F. A. Brockhaus 1993，S. 271 的 Maschine 词条。此处原文为"Jede Vorrichtung zur Erzeugung oder Übertragung von Kräften, die nutzbare Arbeit leistet ('Arbeits-M. ') oder eine Energieart in eine andere umsetzt ('Kraft-M. '). Einfache M. sind Hebel，Rolle（Wellrad）und geneigte （'schiefe'）Ebene（Keil，Schraube）；aus ihnen und anderen Maschinenelementen sind zusammengesetzte M. aufgebaut"。

渐开始利用水能和风能,如 11 世纪前后出现的水轮机和 13 世纪前后出现的风车。简单劳动过程机械化的第一步是周期性运转的脚踏纺车、脚踏织布机和脚踏车床。直到中世纪末期,可连续运转的劳动机器才出现。在 18 世纪末期,当理论上已经解决的技术问题成功地实际应用之后(如热能转化为机械动能),现代意义上的机器才开始出现。随着蒸汽机的发明,在 19 世纪初出现了大量新的劳动机器,这些机器反过来又促进了蒸汽机的进一步发展,因为它们为之提供了必要的精确元件。这种相互促进导致了技术的迅速发展,并为可替换的机器元件得以生产做出了贡献。通过引入标准化的和改良的测量技术,可替换的机器元件的生产成为此后大规模批量生产的基础。19 世纪末,电动机和内燃发动机的出现尤其是电动发动机的发明意义巨大,它实现了劳动机器的独立运转。电动发动机和内燃发动机的发明在交通领域也产生了巨大影响。1900 年左右,汽车、电力机车和飞机开始取代蒸汽船和蒸汽机车。机器元件的可替换原则的普遍引入,大规模生产和不断提高的自动化成为 1900 年以后机器制造业发展的主要标志。机械制造成为技术的核心,在它的基础上发展出了各种独立的技术学科,如制造技术、精密工具技术、运输工具技术、测量技术、传送技术等。[①]

---

① 上述机器发展的历史参见 *Brockhaus. Enzyklopädie. In vierundzwanzig Bänden*. Neunzehnte, völlig neu bearb. Aufl. Band 14. a. a. O., S. 271f. 的 Maschine 词条。

　　除了机器自身的发展历史，在不同的历史时期和语境下人们对机器概念的理解也有不同的侧重。古希腊语mechanē 一词（后来被翻译成拉丁语 machina）首先指的是一种迷惑的手段，"出于战争的目的而使用的一种诡计或计策，以达到让人目瞪口呆的效果"①，其次它才指劳动辅助工具。在工业革命之前，除了以工具形式出现的器具和简单的劳动机器外，机械钟表作为一种能自动运转的自动装置，是其他早期更复杂的自动装置的样本和基础。例如，18 世纪欧洲盛行的机械机器人（Automat）有很大一部分都是由钟表的发条装置来驱动的。②这种机械机器人作为娱乐玩具并不以被应用于劳动生产为目的。在工业革命之后，大型的劳动机器出现了。进入 20 世纪之后，伴随电子化和自动化的发展，机器的概念应用到了计算机领域。

　　机器的概念还经常被用来进行类比或隐喻，如霍布斯的国家机器模型即"利维坦"（Leviathan）③，弗洛伊德

---

① Käte Meyer-Drawe： "Maschine". In：Christoph Wulf（Hg. ）：*Vom Menschen. Handbuch Historische Anthropologie*. Weinheim/Basel：Beltz 1997，S. 726.

② 参见 Peter Gendolla：*Anatomien der Puppe. Zur Geschichte des Maschinenmenschen bei Jean Paul*，*E. T. A. Hoffmann*，*Villiers de L'isle-Adam und Hans Bellmer*. Heidelberg：Winter 1992，S. 24.

③ 托马斯·霍布斯于 1651 年出版的著作《利维坦，或教会国家和市民国家的实质、形式和权力》(*Leviathan or The Matter*，*Forme and Power of a Common Wealth Ecclesiasticall and Civil*；又译《巨灵论》)。霍布斯在书中将国家作为自动机器来进行描述。

的"心理系统"(psychischer Apparat)①，韦伯的"官僚机器"(bürokratischer Apparat)②等。从人类学的角度来看，人在进行自我书写的过程中将身体或精神比作机器也有着长久的历史。依据德国哲学家格特哈特·君特(Gotthard Günther)的观点来看，古典的机器是以人的心脏为模型来模仿人身体的工作原理的，非传统型的机器(如现代的计算机)则是以人脑的工作原理为设想模型的。③ 对于从历史人类学的角度把机器与人的身体相比较的历史话语，在本书第三章中还将详细探讨。

---

① 即弗洛伊德用于描述内在心理过程的模型设想，也就是自我、本我和超我三者的交互作用关系。

② Max Weber：*Wirtschaft und Gesellschaft. Grundriß der verstehenden Soziologie*. Besorgt von Johannes Winckelmann. Studienausgabe. Tübingen：Mohr 1980，S. 569.

③ 参见 Gotthard Günther：*Das Bewusstsein der Maschinen. Eine Metaphysik der Kybernetik*. 2. Aufl. Krefeld/Baden-Baden：Agis 1963，S. 184.

第二章　机器作为人的参照

一、人的自我理解与参照体系

人对自身的定义问题一直是哲学的一个基本问题。德国哲学家恩斯特·卡西尔（Ernst Cassirer）在《人论》（*An Essay on Man. An Introduction to a Philosophy of Human Culture*）一书的开篇就说道："认识自我乃哲学探究的最高目标，这看来已是众所公认的。在各种不同哲学流派之间的所有争论中，对于这个目标始终没有争议：它已被证明是阿基米德点，是一切思潮的牢固而不可动摇的中心。"①在概述西方两千多年思想史上关于人的问题的各种哲学理论之后，卡西尔从自己的文化

---

① 卡西尔《人论》一书原版为英文，本书中对该书文本的引用参考的是其德文译本 Ernst Cassirer：*Versuch über den Menschen. Einführung in eine Philosophie der Kultur*. Aus dem Englischen übers. von Reinhard Kaiser. Hamburg：Meiner 2007，S. 15.

哲学论点出发把人定义为"符号的动物"(animal symboli-
cum)[①]。他借用生物学家于克斯曲尔(Johannes von
Uexküll)的理论声称,动物都拥有一套"觉察系统"
(Merknetz)和一套"反应系统"(Wirknetz),没有这两套
系统之间的平衡和协作,生物体就无法生存。生物体依
靠感觉系统接收外部刺激,而依靠反应系统对刺激做出
反应——这个链条被于克斯曲尔称为生物体的"功能圈"
(Funktionskreis)。[②] 在此基础上,卡西尔补充说,人在
这两套系统之外,还具备一套"符号系统"(Symbolnetz,
又译作"符号网络"),而这一为人所特有的功能改变了
人的整个存在。同其他动物相比,人活在一个新的真实
的维度中,即人不再只是生活在一个单纯物理的世界
中,而是同时生活于自己织就的符号网络中。语言、神
话、艺术和宗教都是这个符号世界的组成部分,是织就
符号之网的不同丝线,构成了人类经验的交织之网。人
类思想的所有进步都使这张符号之网更加精巧和坚固。
由于这张网,人不可能再直接地面对真实了——当他完
全被包围在语言的形式、艺术的图像、神话的象征或宗
教的仪式之中的时候,不凭借这些存在于他与真实之间

---

① Ernst Cassier: *Versuch über den Menschen. Einführung in eine Philo-
sophie der Kultur*. a. a. O. , S. 51.
② 参见 ebd. , S. 48.

的人为的媒介物，他就不能看见或辨认出任何东西。①

卡西尔对人的定义是在"人是理性的动物"（animal rationale）这个古典定义基础上进行修正的结果。他认为，对于理解人类文化形式的丰富性和多样性来说，理性的概念是不充分的，所有这些文化形式都是符号形式，因此，应当把人定义为"符号的动物"。在进一步探讨人与文化的关系时，他说：

> 如果有一种关于人的"本质"或"本性"的定义的话，那这种定义只能被理解为一种功能性的定义，而非实体性的定义……人的独特性，人的与众不同的标志，既不是他的形而上学的本性，也不是他的物理本性，而是人的活动。正是这种人类活动体系，定义和决定了"人类存在"的范围。语言、神话、宗教、艺术、科学、历史都是其组成部分。②

虽然卡西尔认为人是符号的动物，也是文化的动物，但人的本质在于运用符号创造文化，人没有恒定不变的本质。

卡西尔对人的这种开放式的定义将人放在与人创造

---

① 参见 Ernst Cassier：*Versuch über den Menschen. Einführung in eine Philosophie der Kultur.* a. a. O.，S. 49f.

② Ebd.，S. 110.

的文化的互动之中，强调人的文化性的一面，而似乎有
意忽视其历史性的一面。① 另一位德国哲学家汉斯·布
鲁门伯格(Hans Blumenberg)在卡西尔对人的定义的基
础上进行了进一步发展。他在《人类学与修辞现实性的
趋同》("Anthropologische Annäherung an die Aktualität
der Rhetorik")一文中写道："要对人进行定义，需要通
过他所缺少的东西，或通过他自己所身处其中的有创造
力的象征符号。"②关于人的自我认识，他认为："人与其
自身没有直接的、纯粹'内在的'的关联。人的自我理解
具有'自我外在形式'的结构。"③换句话来说，人的本体
(Substanz)不存在，人是通过不断进行自我书写来创造
自己的身份(Identität)的。"身份的实体性是破碎的，要
实现身份认同，需要成为一种形式的成就，这种成就是
与身份的病理学相符的。"④对于"身份的病理学"(Patho-
logie der Identität)他是这样解释的：

　　人类学仅仅以一种"人的本性"为课题，它不是
也不会以"自然"的形式存在，它在隐喻的外表后面

---

① 这种做法受到自 20 世纪 80 年代中期起兴起的历史人类学研究的批
　　评。后者认为在对待人的问题时，人的文化性和历史性同样重要。
② Hans Blumenberg："Anthropologische Annäherung an die Aktualität
　　der Rhetorik". In：ders.（Hg.）：*Wirklichkeiten，in denen wir leben.*
　　Stuttgart：Reclam 1981，S. 104.
③ Ebd.，S. 134.
④ Ebd.，S. 134.

出现——作为动物、机器、沉淀物分层，以意识流的形式，不同于上帝或处于与上帝的竞争关系之中——不能期望它在最后抛弃所有的宗教和道德的面纱而呈现在我们面前。人对自己的理解仅仅在于他不是什么。不仅是他所以存在的形式，他的结构可能就是隐喻的。①

这个最"大胆的"比喻和最"困难的修辞方式"就在于在人的自我理解中，上帝被视为一个完全的他者，人将自己同上帝做比较——而这也是人们一直乐此不疲的事情。布鲁门伯格反复强调，人对自我的理解不是通过他是什么，而是通过认识到他不是什么来进行的，即人在定义自我的过程中一直在寻找他者，通过参照模型如上帝、动物、机器来实现对自我的理解。人一直寻找他者的目的是为了理解他自身是什么，以及明确他想成为什么。

人在进行自我书写的过程中一直通过与他者如上帝、动物或机器的比较来认识自身，而这种参照方案的实施往往又是交互进行的，且与历史语境的变化紧密相连。

在中世纪的经院哲学中，机械钟表作为最令人折服的技术被赋予了宇宙论的意义。中世纪晚期出现的天文钟(astronomische Uhr)一方面代表着技术的进步，另一

---

① Ernst Cassier: *Versuch über den Menschen. Einführung in eine Philosophie der Kultur.* a. a. O., S. 134f.

方面则代表着那个时代对世界的认识，它使得将世界当作一个钟表而上帝作为造物主的构想成为可能，如布拉格老城市政厅墙上的天文钟。这座天文钟的历史可以追溯到大约 1410 年。时钟包括三个主要部分：中间的天文钟面，下面的日历盘，最上面的是 19 世纪时添加的"行走的使徒"。天文钟表盘上以阿拉伯数字显示从一个日落到下一个日落之间的 24 小时，而以罗马数字显示当地时间，表盘上面一个可转动的盘上显示的是黄道十二宫，一个金色的指针指示月份以及月亮和太阳的位置与状态，12 条弯曲的射线显示行星运行的下一个位置。整点的时候，上方的两扇窗门打开，耶稣的十二门徒在门内走过，并在经过窗口时将身体的正面朝向窗外，十二门徒走过后在一声鸡鸣声中窗门再次关上，时钟旁会做动作的骷髅雕塑将沙漏翻转，这时报时的钟声响起。①

凯特·迈尔-德拉维在《以机器为镜的人》一书的第二章"上帝的助手"中指出，14 世纪 40 年代后期在欧洲大陆肆虐的黑死病提高了人们对于在世界既存秩序中人的介入的可能性的重视，医学的重要性越来越明显；此外，黑死病导致了社会阶层的重新调整，大量农村人口涌进城市，以往主要依靠农民为劳动力的贵族的权力下

---

① 关于布拉格天文钟的介绍参见 Käte Meyer-Drawe：*Menschen im Spiegel ihrer Maschinen*. a. a. O.，S. 51. 天文钟以地心说为理论依据。地心说是 1543 年哥白尼提出日心说之前欧洲普遍的宇宙观。

降，与此同时，城市中的手工业繁荣发展，市民阶层开始崛起，市民的自我意识开始增强。[①] 文艺复兴时期，与社会结构和思想领域的变化相伴随的是大量的自然科学与技术的成就。15 世纪中叶，古腾堡活字印刷术的发明促进了知识的传播。1492 年，哥伦布发现美洲大陆冲击了人类对世界原有的认识，而 1543 年哥白尼日心说的发表使得人类旧的世界观崩塌，自古希腊以来人们对世界的想象被颠覆了。在用科学知识构建的新的世界中，人的自决性开始增强。

文艺复兴时期，上帝作为造物主的地位虽仍然不可动摇，但人们已经尝试在自然的基础上发挥自己的想象力，即人不再将自己和其他动物一样置于上帝的对立面，而是通过对自然的认识和技术发明，认为自己与上帝有相似之处，将自己看作上帝的助手。对世界的新的建构离不开这一时期的新的测量和观察工具。1600 年左右，望远镜的发明扩大了人类对于宏观世界的观察范围。伽利略正是借助于最早一批行星望远镜证实了哥白尼日心说的正确性；与望远镜差不多同时期出现的显微镜则让人们看到了微观的自然。

受哥白尼的影响，意大利哲学家、天文学家乔尔丹诺·布鲁诺(Giordano Bruno)声称：一方面与无限的宇

---

① 参见 Käte Meyer-Drawe: *Menschen im Spiegel ihrer Maschinen*. a. a. O. , S. 49f.

宙相比，人是渺小的；另一方面由于有征服自然的能力，人又是伟大的。^① 文艺复兴时期的研究者安吉尼斯·赫勒(Agnes Heller)认为文艺复兴时期人对自我的评价在自身的伟大和渺小之间摇摆，但"不管是表现出'伟大'或'渺小'，人都在越来越成为自己命运的主人，一个相对自主的生物，会与命运做斗争并实现自我"^②。在《以机器为镜的人》中，凯特·迈尔-德拉维认为："将文艺复兴的多重含义缩减为对宗教的批判和对古典时期的重复的做法过于简单。"^③虽然文艺复兴时期的思想家们确实在很多方面都继承了古希腊、古罗马时期的文化传统，但不是说基督教时期的影响一点儿也不会留下。古典时期关于人的理想和定义在整体上符合文艺复兴运动的要求，尽管理性思维方式在不断发展。这个时期人们依然是信仰上帝的，但从这时起，人开始生活在一个和自己设想的理想模型不断较劲的张力场中。

一方面，人们把通过光学仪器发现的物体和生物仍然被当作上帝的恩赐和绝对权力的证据，18 世纪的德国作家巴托尔德·因里希·布鲁克斯(Barthold Hinrich Brockes)甚至将通过望远镜和放大镜观察到的世界称为

---

① 参见 Käte Meyer-Drawe：*Menschen im Spiegel ihrer Maschinen*. a. a. O.，S. 46f.
② Agnes Heller：*Der Mensch der Renaissance*. Frankfurt am Main：Suhrkamp 1988，S. 26.
③ Käte Meyer-Drawe：*Menschen im Spiegel ihrer Maschinen*. a. a. O.，S. 45.

"第三启示"(die dritte Offenbarung)，作为圣经和"自然
之书"(Buch der Natur)之外的第三个认识上帝的途径。①
另一方面，伴随着理性的进程，人确立了自己在上帝所
创造的秩序中的优势地位，笛卡尔对人的理性的强调带
来了从对信仰到对认知的肯定的转折。人们开始发掘自
身的潜力，并找寻自身的创造力。

　　弗朗西斯·培根(Francis Bacon)的唯物主义经验论
强调以科学实验作为认识世界的基础。17 世纪中叶出现
了"机械学"(Mechanik)的概念，机械论作为一种认识理
论也介入了人对自然的认识。② 一种机械的世界观随之
形成，以科学和技术理解人的道路也开始了。

　　由于医学特别是解剖学的发展，人对于自己身体的
构造有了越来越清晰的认识。在永动钟的构想基础上，
笛卡尔(René Descartes)将人的身体和钟表进行比较，
将人体循环系统的运转与钟表的转动相类比，认为人的
身体是上帝制造的像永动钟一样的机器，上帝给了它最
初的力量，它在那之后就自己运转。③ "我思"(res cogi-

---

① 参见 Barthold Heinrich Brockes："Die dritte Offenbarung". In：
*Physikalische und moralische Gedanken über die drey Reiche der
Natur*. Bern：Lang 1970，S. 437-439.

② 参见 Horst Bredekamp：*Antikensehnsucht und Maschinenglauben. Die
Geschichte der Kunstkammer und die Zukunft der Kunstgeschichte*.
Berlin：Wagenbach 1993，S. 32.

③ 参见 René Descartes：*Abhandlung über die Methode，Richtig zu den-
ken und die Wahrheit in den Wissenschaften zu suchen*. Berlin：L.
Heinmann 1870，S. 60.

tans)与"我在"(res extensa)的二元对立带来的是灵魂与身体的分离。笛卡尔认为"我"有思想，是上帝的赐予，人因为有灵魂、会思考而享有特权。[①] 笛卡尔虽然肯定了上帝的存在，但不同于经院哲学的是，他认为上帝在创造了一个前提之后，认识世界、自然以及人自身就需要依靠人的理性和思考了。此时上帝从全能的地位上退下，仅仅保留造物主的身份，对于整个世界都不再扮演保护者的角色，从这个层面来看，人站在了此前上帝的位置上，承担着认识世界的义务，并通过各种技术发明和机器制造，模仿上帝创造着"第二自然"。在笛卡尔的论述中，人不仅有别于上帝，也有别于动物和人自己制造出来的机器，动物和机器不会使用语言，而动物不会使用语言的原因不在于官能上的差别，而是因为动物不具有理性。[②] 所以他认为，人不同于动物和机器是由于上帝赋予了人以"理性的灵魂"[③]，与对不灭的灵魂的赞扬相应的是对物质性的身体的贬低——身体仅仅是灵魂寄居的场所，所以与灵魂分离的身体仅仅被当作工具来看待。

康德在《论教育学》(*Über Pädagogik*)一书的导论中

---

① 参见 René Descartes: *Abhandlung über die Methode, Richtig zu denken und die Wahrheit in den Wissenschaften zu suchen.* a. a. O., S. 48.

② 参见 ebd., S. 66.

③ Ebd., S. 58.

也将动物看作人的参照物，他指出："人只有通过教育
才能成为人"①，"规训或训诫把动物性转变成人性。动
物通过其本能已经是其全部……人却要运用自己的理
性……人类应该将其人性之全部自然禀赋，通过自己的
努力逐步从自身中发挥出来"②。康德强调，教育的作用
在于防止人由于受到动物性的驱使而背离人性，在完善
人格以及祛除人的动物性的过程中，康德强调了人的理
性的作用："教育一方面是把某些东西教给人，另一方
面还要使某些东西靠其自身发展出来……"③这种对理性
的强调与康德在《回答这个问题：什么是启蒙？》（"Beant-
wortung der Frage：Was ist Aufklärung?"）一文的开篇
所说的启蒙运动的任务是一致的："启蒙运动就是人类
脱离为自己所加之于自身的不成熟状态，不成熟状态就
是指只要不经别人的引导，就对运用自己的理智无能为
力。其原因不在于缺乏理智，而在于不经别人的引导就
缺乏勇气与决心去对理智加以运用时，那么这种不成熟
状态就是自己所加之于自己的了。Sapereaude！要有勇
气运用你自己的理智！这就是启蒙运动的口号。"④

　　18 世纪关于人与机器的讨论的一个重要观点的体现

---

① ［德］伊曼努尔·康德：《论教育学》，赵鹏、何兆武译，5 页，上海，
　　上海人民出版社，2005。
② ［德］伊曼努尔·康德：《论教育学》，3 页。
③ ［德］伊曼努尔·康德：《论教育学》，5 页。
④ Immanuel Kant：*Werke in zwölf Bänden*. Band 11. Frankfurt am
　　Main：Suhrkamp 1977，S. 53.

是 1739 年德国出版商策德乐（Johann Heinrich Zedler）
出版的大词典（*Grosses Vollständiges Universal-Lexi-
kon*）中的"人机器"（Menschliche Maschine）词条下的解
释，此处同样对身体和灵魂的界限进行了表述："人机
器，或人的身体，是人的另一个基本组成部分，它是一
种非常艺术的同时又容易改变和腐烂的机器……"①初看
时我们可能会感到惊讶，通常被认为是天然的身体在此
处被称为是艺术的。词条中继续谈道："涉及人的身体
的构造，可以看出，它是最完美的、卓越的、艺术的机
器，因为它是造物主用不同的部件以最好的方式组装完
成的，为了使这台机器可以井然有序地按规律转动。"②
依据自我运转的规则，身体和机器被相提并论，人的身
体作为上帝创造的艺术品而成为其他机器—艺术品
（Maschinen-Kunstwerk）的样本。从这个角度来看，身
体和机器不但是可以相互比较的，而且是同义的。同
时，人的身体作为上帝造物的一部分则拥有其自然的属
性，是人制造的机器所不具备的。基于这种区别，人的
身体和人所制造的机器之间是有区别的，即人的身体既
是上帝制造的艺术品，又具有自然的特性，而人制造的
机器是纯粹人造的，就这一点而言它是不能超越其自然

---

① Johann Heinrich Zedler: *Grosses Vollständiges Universal-Lexikon*.
Band 20. Photomechanischer Nachdruck. Graz: Akademische Druck-
und Verlagsanstalt 1961（Halle/Leipzig 1739），Sp. 809.
② Ebd. , Sp. 810.

的原件的。这个观点与莱布尼茨（Gottfried Wilhelm Leibniz）对于自然的和人造的机器之间的区别的看法相一致：

> 每个生物有机的身体都是一件上帝制造的机器或近似天然的自动装置，它超越一切人造的自动装置，因为一台人工制造的机器并不是每一个部位都是机器……而天然的机器，即有生命的身体，则是直到最小的部位都是机器。这是自然和人造机器之间的区别，即上帝创造的和我们人类制造的机器之间的区别。①

莱布尼茨的机器概念并不指向后来工业革命时期的机械性的机器，它代表的是一种装置，所以"有生命的机器"（lebendige Maschine）这种说法本身并不包含悖论。

对于身体和灵魂的关系，策德乐的大词典中的解释为，"人机器不是一个空的、无生命的躯壳，而是用生命和最高级的情感装配而成的，它同时是理性的、不灭的、非物质的灵魂的居所和作坊，为此身体作为工具，

---

① Gottfried Wilhelm Leibniz：" Monadologie ". In：ders.：*Philoso-phische Schriften*. Band 1. Hg. und übers. von Hans Heinz Holz. Frankfurt am Main：Insel 1986，S. 469.

知道如何在工作中尽最大力量为灵魂服务"①。从莱布尼茨的观点和策德乐的词典解释中可以明确发现的是,上帝的地位是人类无法撼动的,而人的身体作为自然的、有生命的机器相对于人工制造的机器有绝对的优势。

　　与笛卡尔、莱布尼茨肯定上帝地位的做法不同,法国医生、哲学家朱利安·奥夫鲁瓦·德·拉美特利(Julien Offray de La Mettrie)于 1747—1748 年发表了在当时极具争议的作品《人是机器》(*L'homme machine*)。拉美特利在作品的开头首先批评了笛卡尔和莱布尼茨以及他们的拥护者,评判的出发点即上帝作为造物主的地位。作为唯物论者,他强调经验和观察的作用,认为在讨论人究竟是什么的时候只有医生才有权利说话。他将人描述为一台机器,并且否定了灵魂的特权:"人体是一架会拉动自己发条的机器,是活生生的永不停歇的运动的模型,由食物维持运转,没有食物的话心灵也会渐渐衰弱下去、陷入狂躁,并最终筋疲力尽而死。"②对于身体生而具有的力量,拉美特利认为这种力量存在于"整个机体组织里,身体的每一个部分都根据需要拥有或多或少的动力弹簧 ……一切生命的、动物的、自然的和自动的运

①　Johann Heinrich Zedler: *Grosses Vollständiges Universal-Lexikon*. Band 20. a. a. O. , Sp. 811.
②　Julien Offray de La Mettrie: *Der Mensch eine Maschine*. Aus dem Französischen übers. von Theodor Lücke. Stuttgart: Reclam 2007, S. 26.

动都借助于这些动力弹簧的作用"①。他列举了身体在遭
受各种突如其来的环境变化时的条件反射反应，以此来
说明身体所具有的自身的运转规律。而身体的这种固有
的运动"和钟表的摆动一样，不能永远地继续下去。当
它的节奏发生错误时，就要重新校准它；当它虚弱时，
要给它力量；当它由于过度用力而感受到压抑时，则要
放松它。真正的医学就是这样的。身体仅仅是一台钟
表，它的新的养料就是钟表匠"②。不同于笛卡尔所坚信
的灵魂与身体的二元对立以及灵魂的优势地位，拉美特
利认为灵魂是人这台机器的一部分："灵魂的所有能力
都依赖于大脑和整个身体的构造，显然这些作用就是这
个有机结构本身。"③他甚至指出："灵魂只是一个毫无意
义的名词，一个有智慧的人在使用这个名词时，仅仅是
为了表现我们身体里的那个思维的部分。"④拉美特利将
人看作一个整体，认为作为动物或者说有机的构造的物
质⑤和拥有思想能力之间并不矛盾。关于物质的起源和
自然界最初引发物质运动的根源，他选择不去追究，如
同面对自然界中存在的诸多难以解释的奇迹，只讨论经

---

① Julien Offray de La Mettrie: *Der Mensch eine Maschine*. a. a. O.，
　 S. 71.
② Ebd.，S. 77.
③ Ebd.，S. 66.
④ Ebd.，S. 67.
⑤ 拉美特利认为有机的物质和无机的物质的区别在于：有机的物质拥有
　 运动的规则。参见 ebd.，S. 82.

验范围内的东西一样，他说："不管物质是永恒的还是被创造的，不管上帝是否存在，我们都一样可以安静地生活。"①他指出，是自然（而不是上帝）造就了万物，小到昆虫，大到人类。他以自然取代上帝，用自然科学原理解释人的灵魂以及对神学的不屑，这被认为是对教会的挑衅和对上帝的不敬，他依据解剖学对人的生理反应所做的解释也被认为是对道德的轻视。

二、上帝制造的机器与人造的机器

在笛卡尔和拉美特利将机器与动物或人的身体相比较时，机器都是以比喻的形式出现的。在拉美特利以实验科学为导向的唯物主义观念中，道德完全没有立足之地，对灵魂和精神不屑不仅被认为是对造物主的不敬，还危及了人对于自己作为有理性特权的生物的自我理解。所以德国启蒙运动学者对《人是机器》一书的接受史主要是一段批评史，而一直以来表达中性语义的词语"机器比喻"（Maschinenmetapher）也在此时发生了词义的贬义化，被视作"对生命力、创造力和个体性的诋毁"②。

莱布尼茨的观点对于 18 世纪的德国启蒙运动不无

---

① Julien Offray de La Mettrie: *Der Mensch eine Maschine*. a. a. O., S. 60.
② Käte Meyer-Drawe: "Maschine". In: Christoph Wulf (Hg.): *Vom Menschen. Handbuch Historische Anthropologie*. a. a. O., S. 731.

影响，他明确区分了为上帝所创造的人这样一部机器和人自己制造的机器。在他之后，另一位德国哲学家弗里德里希·海因里希·雅各比（Friedrich Heinrich Jacobi，1743—1819）指出："高贵的和机械的，不只是艺术和手工艺之间的区别，应该对所有的物体进行这样的区分，即以这种方式：人们应该认为前者指向精神的活动，后者描述的是身体的活动；前者依靠感官和能力，后者是出于自为自用和外在的需求；前者体现的是自由和自主，后者是由于受到了奴役和外在驱动。"①在这里呈现的是有机之物和机械之物之间明显的二元对立：机械的事物与无活力、奴役性和它决性（Fremdbestimmung）相连，有机的生物与生命力、创造性和个体性相关。在启蒙运动时期，人开始更多地将自己描述成有自决性的（selbstbestimmt）、有创造力的（schöpferisch）的生物，伴随技术的发展，机器作为机械的、它决的物体，则不再用于与人体的类比，而是被理解为人的对立物。② 在启蒙运动的影响下，建立在理性基础上的人的自我认识是以自然科学和技术进步的形式来实现的，机器的作用也更多地表现在帮助人认识自然、成为人对自然进行改造的工

---

① Friedrich Heinrich Jacobi：*Werke*. Band Ⅱ. Hg. von Friedrich von Roth und Friedrich Köppen. Darmstadt：Wissenschaftliche Buchgesellschaft 1980，S. 356.

② 参见 Käte Meyer-Drawe：*Menschen im Spiegel ihrer Maschinen*. a. a. O.，S. 105.

具上面，以此帮助人脱离自然状态并满足人征服自然的愿望。

伴随人作为公民的主体的自我意识的增长，用来比喻教育和政治行为的机器模型越来越受到质疑，康德将专制的国家制度比作手工研磨机。在《回答这个问题：什么是启蒙？》一文的结尾他表达了自己的希望："因为当大自然让它精心照料的幼芽，即自由思想的倾向与天职破土而出时，它也会逐渐反作用于人们的品性（从而他们就慢慢具有了自由地行动的能力），而且最终还会反作用于政权的原则。按照人的尊严，如今人已不仅仅是机器，去对待人，对政权本身也是有利的。"①康德在此谈到要按照人的尊严来对待有机的个体——人，此处的机器也已经作为无机的物体被当作人的对立物。另外康德认为个体在处理与整体的关系时，涉及理性的私下运用，要像零件融入一整台机器中一样，这里的国家机器模型可追溯到霍布斯的"利维坦"②，而席勒在《审美教育书简》（*Über die ästhetische Erziehung des Menschen*）中也将对国家的改革比作对钟表的修理："一个能工巧匠修理钟表时总是先让齿轮走完再让钟表停下来，而修理国家这架活的钟表则必须让它走动，这就是说，必须

---

① Immanuel Kant：*Werke in zwölf Bänden*．Band Ⅱ．a. a. O.，S. 61.
② 出自托马斯·霍布斯于 1651 年出版的著作《利维坦，或教会国家和市民国家的实质、形式和权力》（*Leviathan or The Matter*，*Forme and Power of a Common Wealth Ecclesiasticall and Civil*）。

是在钟表转动的情况下来更换转动着的齿轮。"①

　　机器模型越来越失去了它在描述宇宙和生物体结构方面的象征意义，它更多地被当作自由、自决性和创造性的对立物，而这些则是 18 世纪和 19 世纪的人在进行自我描述时看重的特质。关于人和成为人的对立物的机器之间的关系将在第四章涉及劳动机器的内容时继续进行论述。

三、从钟表技术到 18 世纪的机械机器人

　　在笛卡尔和拉美特利关于身体是机器的理论构想中，身体都被用来与钟表做比较。在齿轮钟表发明之后，时间测量越来越精确，这对于人进行自我书写具有深远的影响。② 从 14 世纪开始，由重力齿轮驱动(Gewichtsantrieb)的塔楼大钟在欧洲各地相继出现。这种公共时钟让人们的时间统一化了，有助于规划公共生活和私人生活，在不能看到表盘的地方，也能听到钟声在整点报时。时间变得精确，其测量也不再依赖于生物

---

①　［德］弗里德里希·席勒：《审美教育书简》，冯至、范大灿译，27 页，上海，上海人民出版社，2003。

②　在 13 世纪以前，人类主要根据天文现象或利用流动物质的连续运动来计时，如太阳钟(Sonnenuhr)、水钟(Wasseruhr)、沙钟(Sanduhr)、星盘(Astrolabium)和星象钟(Sternuhr)。早期有据可查的齿轮时钟(Räderuhr)出现于 1300 年左右，最早是被教堂和市政厅用作公共时钟。

的、地理的和宇宙的变化节奏，于是线性的时间出现
了。怀表(Taschenuhr)的出现则让时间经由商人从教堂
和市政厅的塔楼上来到人的身边。1675 年，克里斯蒂
安·惠更斯(Christiaan Huygens)设计了一个用游丝平
衡轮(Spiralfederunruh)驱动的怀表，开启了钟表精密化
运转的里程。时间计量越来越精确，时间被量化，人的
生活越来越为一个抽象的、不依赖于任何特殊条件的整
体所组织，每个行为都可以被拆分为完全等同的步骤，
并成为可计算的。

> 所有的数字都在时间中出现，每一次计数都是
> 一个由行为时长决定的时间单位的队列。一个数字
> 是一个预想的时间单位的聚集，这所以成为可能的
> 前提是具体的行为被抽象为时间单位……时间成为
> 可计算的，是永远相同的运算程序的重复，因此它
> 不能改变自己。所有的一切都在时间的维度中，除
> 了时间自身，时间是发生改变的可能性的条件，而
> 其自身不变。①

诺贝特·埃利亚斯在《文明的进程》(*Über den Pro-
zess der Zivilisation*)一书中描述了量化的时间对社会的

---

① Heinrich Brinkmann：*Sinnlichkeit und Abstraktion*．Gießen：Focus
1973，S. 129f.

影响，以及社会的合理化进程中分化(Differenzierung)和简化(Vereinfachung)两者间的相互作用：社会越分化，劳动分工就越细，社会的功能就越复杂；同时人的行为方式却需要是直观的、有计划的。为了使复杂的功能可以成功实现，需要再将简单的、可重复的和容易固定的形式组合到一起，而线性的可计算的时间是这种机制的基础。

　　钟表不仅是计量时间的工具，它本身就是一个能自主运动的自动装置(Automat)，是其他早期自动装置的模本和基础，如 18 世纪的机械机器人中有很大一部分都是由钟表的发条装置来驱动的。[①] 类似于埃利亚斯认为的在文明进程中分化和简化之间的相互作用，机械机器人在制造的过程中也被认为是"将简单的钟表组装成一个复杂的机器，将简单的时间转化为复杂的音乐节奏"[②]。

　　18 世纪时，作为宫廷娱乐玩具的机械机器人的制造艺术达到了顶峰，这种以能逼真地模仿人的外形和行为能力为目的，以钟表技术作为技术支撑的人形机器人的

---

① 参见 Peter Gendolla：*Anatomien der Puppe．Zur Geschichte des Maschinenmenschen bei Jean Paul*，*E. T. A. Hoffmann*，*Villiers de L'isle-Adam und Hans Bellmer．a. a. O．*，S. 24．

② Ebd．，S. 29．18 世纪在有机械性的音乐设备发明以外，还制造了一系列会演奏音乐的机器人，如伏卡松(Vaucanson)的"吹笛子的人"(Flötenspieler)、瑞士钟表家族雅克-德罗(Jaquet-Droz)父子制造的"弹钢琴的人"(Klavierspieler)等。

面世在公众中引发了轰动。凯特·迈尔-德拉维在《机器》一文中说："这些机器人是具有人或动物形态的机器，它们不再像之前的机器人那样，只是'看起来像'。它们把羽毛浸入墨水中然后在纸上划过，所以它们'真的'会写字，它们的手指按动按键，因此它们'真的'会演奏音乐。"①

埃尔施（Johann Samuel Ersch）和格鲁伯（Johann Gottfried Gruber）于1820年合编的《科学与艺术大百科全书》（*Allgemeine Enzyklopädie der Wissenschaften und Künste*）中对"机器人"（Automat）一词是这样定义的：

1. 一个自我运转的机器——一个机械系统，在一段时间内不依靠外部动力驱动，而是通过内部隐藏的动力实现运转，如一切可以显示时间运转和天体位置的钟表和齿轮组，钟表制造艺术也由此被称为"自动的诗文"（Automatopoetica）。

2. 狭义上是指机械的艺术作品，通常以人或动物的形象为参照，由内部动力驱动，仿佛一个有生命的物体。因为重力摆和弹簧是所有动力中最轻的和占用空间最小的，所以通常被优先应用于这类

① Käte Meyer-Drawe：“Maschine”. In：Christoph Wulf（Hg.）：*Vom Menschen. Handbuch Historische Anthropologie*. a. a. O. , S. 729.

机器，通过与齿轮、滑轮、杠杆相连接来推动外部
组件的运转。在模仿生物的动作时越具有迷惑性、
看起来越自然，动力就可以维持得越久，也就代表
机器人制造得越完美。①

1738 年，法国钟表匠雅克·德·伏卡松（Jacques de
Vaucanson）制造了著名的"吹笛子的人"（Flötenspieler）。
"这个木制的机器人差不多和人一样高，看起来很逼真，
嘴唇、手指、舌头都可以动，可以用笛子演奏 12 种不
同的旋律。它的手指里没有钟表，而是利用一个由钟表
驱动的风箱系统形成气流，在笛子里振动发声。"②伏卡
松在为皇家科学院撰写的文章中介绍了该机器人的工作
原理，透露出以人为模板的制造理念。他描述道："用
皮革缠绕机器人的手指，是为了模仿天然手指的柔软
性。"③在文章的结尾，他介绍了一个新的机器人，其发
出声音的原理和人类不一样，不是通过呼吸的气流：

---

① Johann Samuel Ersch/Johann Gottfried Gruber：*Allgemeine Enzyklopädie der Wissenschaften und Künste*. Band [1]6. Leipzig：Gleditsch 1821，S. 484.

② Klaus Völker（Hg.）：*Künstliche Menschen. Dichtungen und Dokumente über Golems，Homunculi，lebende Statuen und Androiden*. München：Deutscher Taschenbuch Verlag 1994，S. 473.

③ Jacques de Vaucanson：*Beschreibung eines menschlichen Kunst-Stucks，und Automatischen Flöten-Spielers，so denen Herren von der Königlichen Academie der Wissenschaften zu Paris durch den Herrn Vaucauson Erfinder dieser Maschine überreicht worden*. Nach dem Pariser Exemplar übersetzt und gedruckt zu Augsburg 1748，S. 14.

"这个机器人可以超过所有吹笛子的人，人在演奏笛子时舌头不能跟上曲子的节奏，而我制造的吹笛子的人不会有呼吸频率的困扰。"[1]模仿原件同超越原件之间的边界越来越窄，也说明了启蒙运动以来在"自然的"真实和"人造的"模型间的范式转换：人并不是独一无二且无法被模仿的，机器人也不仅仅是个模型。

拉美特利在《人是机器》中将人和动物进行比较时类比了伏卡松制造的吹笛子的人和他之前制造的一只机械鸭子：

> 伏卡松制造一个吹笛子的人，一定比制造他的鸭子需要更多的技能。那么，如果他制造一个会说话的人，当然就需要更多的工具和技巧了：这样一个机器今天不能再被认为是不可能的了，尤其是在一位新的普罗米修斯的手里。因此，自然也同样需要花费更多的技巧和工具，才能创造并保存一架在整整百年之间展现心脏和精神跳动的机器。[2]

机械机器人引起的轰动，不仅是由于对人身体功能

---

[1] Jacques de Vaucanson：*Beschreibung eines menschlichen Kunststücks und Automatischen Flötenspielers*，*so denen Herren von der Königlichen Academie der Wissenschaften Vaucauson Erfinder dieser Maschine überreicht worden*．a. a. O，S. 14.

[2] Julien Offray de La Mettrie：*Der Mensch eine Maschine*．a. a. O．，S. 83.

的模仿，将人体的模型作为特殊形式的工具所显示出的
意义也是显而易见的。机器人展现的技能，如演奏音
乐、写字是对宫廷贵族通过受教育而具备的能力的模
仿①，人造功能逐渐渗入人的自然生活之中。

在各种机械机器人中值得一提的还有 1769 年在维
也纳皇宫首次展出的由沃尔夫冈・冯・肯佩伦（Wolf-
gang von Kempelen ）制 造 的 "下 象 棋 的 人"
（Schachtürke）——一个穿着土耳其人服装会下象棋的机
械机器人。如果说在这之前的机器人都是对人或动物机
体功能的模仿，那这个仿佛会思考的机器人则引发了关
于人的精神是否可以被复制的猜想和争论。肯佩伦并不
否认自己使用了窍门，引发疑惑的是窍门到底是在机器
人的机械性能中还是在观众的错觉中。② 为了消除人们
的疑虑，每次表演之前肯佩伦或他的助手都会打开机器
的箱门和抽屉系统，以表明里面没有藏着人。"下象棋
的人"演示"思考"时会将头轻微地侧向一边，或者来回
点头，一只手拿着他的烟斗，另一只手摆放棋子。表演

---

① 由瑞士钟表家族雅克-德罗（Jaquet-Droz）父子制造的"会写字的人"。
② 参见 Brigitte Felderer："Künstliches Leben in Österreich. Die Auto-
maten und Maschinen des Freiherrn von Kempelen". In：Manfred
Faßler（Hg.）：*Ohne Spiegel leben. Sichtbarkeiten und posthumane
Menschenbilder*. München：Fink 2000，S. 218.

完成后它还会借助一个发声系统回答观众的问题。①

德国启蒙思想家弗里德里希·尼可莱（Friedrich Nicolai）断定机器里藏着一个小孩，他希望祛除笼罩在机械原理上的神秘的外壳，用理性对抗迷信，用他自己的话说："我是真理的朋友，是假象和伪装的敌人。我不希望人们在没有奇迹的地方寻找奇迹。"②不同于对伏卡松的正面评价，他认为肯佩伦是一个骗子。③肯佩伦去世后，机械师约翰·内坡穆克·梅策尔（Johann Nepomuk Mälzel）接手了他的"下象棋的人"，并将它带到世界各国展出。美国作家爱伦·坡（Edgar Allen Poe）在观看展出之后也写了一篇短文《梅策尔的下象棋的人》（"Maelzel's chess player"），分析这究竟是个纯粹的机器还是骗术，最后他断定里面确实隐藏着一个矮人。④事实上，以当时的技术水平，大多数在市面上层出不穷、花样百出的机器人都使用了精心设计的、用来迷惑

① 参见 Anne Fleig: "Automaten mit Köpfchen. Lebendige Maschinen und künstliche Menschen im 18. Jahrhundert". In: Annette Barkhaus/Anne Fleig（Hg.）: *Grenzverläufe. Der Körper als Schnitt-Stelle*. München: Fink 2002, S.127f.

② Friedrich Nicolai: "Beschreibung einer Reise durch Deutschland und die Schweiz im Jahre 1781". 5. und 6. Band. In: Bernhard Fabian/Marie-Luise Spiekermann（Hg.）: *Gesammelte Werke*. Band 17. Hildesheim/Zürich/New York: Olms 1994, S.434.

③ 参见 ebd., S.129.

④ 参见 Klaus Völker（Hg.）: *Künstliche Menschen. Dichtungen und Dokumente über Golems, Homunculi, lebende Statuen und Androiden*. a.a.O., S.475.

人的手段，而观众也还不太能区分技术和魔力。

"下象棋的人"引发争议的原因还在于它让人感受到其自身独一无二地位的危机——担心被超越，失去自身的优越性。在 18 世纪人与机器的关系中，从理论上来看人被比作一台机器，在现实中人们又制造出了以人为模本的机械机器人。"人造的"和"自然的"之间的对立关系也发生了变化，越是艺术性高的，看起来就越逼真，越接近自然的原件。

作为娱乐玩具的机械机器人看似与社会经济发展无关，实际上人们认为它对当时人的行为和思维方式也有影响：

> 伏卡松、雅克-德罗、肯佩伦等人制造的机器人放飞了 18 世纪的人关于直线进步的梦想。它让一切理想的和美好的，如演奏音乐和思考，都以对物质进行纯技术加工的形式实现成为可能。巴洛克和洛可可时期的人极力用机械原理解释可用数学计算的科学世界……机械的物体和有生命的生物仿佛可以联系在一起。人们甚至在行为和外形上模仿木偶人，假发用金属丝加固，服装挺括，行动时动作僵硬，鞠躬的角度标准，跳舞时如木偶一般步伐精准。[1]

---

[1] Lienhard Wawrzyn： *Der Automaten-Mensch．E. T. A. Hoffmanns Erzählung vom Sandmann*．Berlin：Wagenbach 1994，S. 101.

18世纪时，宫廷贵族和在启蒙运动影响下通过受教育而迅速崛起的市民阶层为了强化自身群体的社会习俗，开始对行为方式进行规范。埃利亚斯详细地描述了这一"文明的进程"：

> 整体社会结构的变化，由市民阶层和贵族阶层组成的社会结构的形成，本身就是合理化（Rationalisierung）的过程，不只是人生产的产品的合理化，也不只是人的思维系统的理性化，而首先是特定人群的行为方式的理性化。①

在各种社会群体间的相互依赖中，首先是在贵族和上升的市民阶层中，埃利亚斯观察到与理性化相连的"个体自我控制"的增长。每个群体出于自我定位的需要，出于将自己所属群体同其他群体区别开来和确立自己独有的行为习惯的必要，形成了与他者控制（Fremdkontrolle）无关的自我控制（Selbstkontrolle）。人的行为方式越来越复杂的规则化进程，被埃利亚斯形容为如同将无序活动的材料转化为可控的机械装置，就像机器的构造。这种在更高程度上从他者控制到自我控制的转变

---

① Norbert Elias: *Über den Prozess der Zivilisation. Soziologische und psychogenetische Untersuchungen.* Band 2. Frankfurt am Main: Suhrkamp 1977, S. 394.

导致人对情绪冲动的压抑。自我克制、理性化思维和道德感一方面控制身体的本能冲动和情感，另一方面规范人的行为方式。[①]

人的社会化调整系统能调节人的本能和活动形式，使冲动和行为方式相适应，让人尽量无冲突地在所属的社会领域中发挥作用，行为方式应该尽量少地依靠人有意识的控制，而逐渐成为一种下意识的克制。

在对人的自然本性的调节中，埃利亚斯提到了时间的量化对人身体行为的影响：

> 它影响了文明进程中人的心理机制的变化，对行为方式细化的和稳定的调节使每个人从小开始逐步养成自动控制的机制……这种作用的网络如此复杂和广阔，以至于每个人除了有意的自我控制外，还建立起了一套自动的自我控制系统。[②]

机械技术的时间渗透到人的生活的各个层面之中，人的外在行为方式的规则化也影响到人内在的生理机制，身体内部随之形成了一个抽象的时间感知系统，一

---

① 参见 Norbert Elias：*Über den Prozess der Zivilisation. Soziologische und psychogenetische Untersuchungen*. Band 1. Frankfurt am Main：Suhrkamp 1977，S. LXI.

② Norbert Elias：*Über den Prozess der Zivilisation. Soziologische und psychogenetische Untersuchungen*. Band 2. a. a. O.，S. 317.

个"内部的时钟"（innere Uhr），人对自我的规训和控制技术的内化逐渐导致了人的行为和思维的机械化。

四、1800 年前后德语文学中的机器人形象

作为玩乐机器显然不足以解释 18 世纪盛行的机械机器人何以成为哲学界和文学界热门的主题，更重要的原因在于人通过技术自己制造人的尝试，且人造人从外观甚至能力上来说可以和人相提并论。这种人的可制造性的基础是将人的身体缩减为纯物质的想法。而将人或者人的身体解释成纯物质构造又是以从技术上能实现制造人的复本的可能性为前提的。

在 1800 年前后的德语文学作品中，让·保尔在 18 世纪 80 年代创作的短文《人是天使制造的机器》（"Menschen sind Maschinen der Engel"）中对天使制造的人和人制造的机器进行了对比。海因里希·冯·克莱斯特在短文《论木偶剧》（"Über das Marionettentheater"）中以跳舞的木偶为参照物，对人、机器、动物和上帝重新定位。在以机器人为主题的文学创作中流传影响最深远的当属 E. T. A. 霍夫曼的作品。霍夫曼于 1814 年创作的断片体小说《机器人》可说是针对这一主题的初步尝试，其后在 1817 年收入《夜谭篇》中的小说《沙人》（又译作《睡魔》）则成为这一时期机器人主题的代表作品。

下面的分析将以历史人类学为出发点，探讨这一时

期德语文学作品中的机器人主题，以让·保尔和克莱斯特的短文作为铺垫，重点分析霍夫曼的作品中人为自己制造的双影人（Doppelgänger）是如何反过来影响人的，而机器人作为人的镜子在人的自我认识和自我理解中又起到了什么作用。

五、人与机器人的对比
——让·保尔的《人是天使制造的机器》

在对肯佩伦"下象棋的人"的评论中，不同于尼可莱所代表的启蒙思想家祛魅（Entzauberung）的出发点，文学家让·保尔首先看到的是机器人作为人的镜子的功能。让·保尔在 18 世纪 80 年代创作的《人是天使制造的机器》一文开篇就指出，在一个用技术和科学解释世界的时代依然有维护想象力的必要性。[①] 让·保尔的作品中并存着启蒙的进步观和文学的想象力。在文中，天使被认为是地球上最初的居民，人是天使制造的机器："这不是诗意的表达方式，而是事实，即我们人类仅仅

---

① 参见 Jean Paul：“Menschen sind Maschinen der Engel”. In：ders.：*Sämtliche Werke*. Hg. von Norbert Miller. Abteilung Ⅱ：*Jugendwerke und vermischte Schriften*. Band Ⅰ：*Jugendwerke* Ⅰ. München：Hanser 1974，S. 1028.

是为居住在地球上的更高一级的存在所使用的机器。"①
同传统中将世界或人的身体比作机器的观点不同的是，
让·保尔作品中的机器比喻还包括人的行为，如伏卡松
制造的演奏乐器的机器人和肯佩伦制造的下棋的机器人
都是模仿人的行为而被复制出来的。在评价肯佩伦的机
器人时他认为：

> 读者们对于肯佩伦制造的下象棋的机器感到震
> 惊，而我认为，在面前已经存在一个完美的模本的
> 情况下，模仿是很简单的事。肯佩伦很幸运，可以
> 直接模仿天使制造的活生生的机器……尽管如此，
> 两个机器之间仍存在巨大差别，天使制造的机器远
> 远优于人造的机器。人由肉和血组成，没有哪个化学
> 家可以仿造血液，而人造的机器由木头和金属构成。②

这种把人和机器进行对比的观点与莱布尼茨区分上
帝制造的机器和人自己制造的机器的说法类似，也与雅
各比将有"生命的"生物和"机械的"机器相对立的思想有
契合之处。③ 此处的机器比喻将当时人们希望运用知识

① Jean Paul："Menschen sind Maschinen der Engel". In：ders.：
Sämtliche Werke. Abteilung Ⅱ：*Jugendwerke und vermischte Schriften*.
Band Ⅰ：*Jugendwerke* Ⅰ. a. a. O.，S. 1028.
② Ebd.，S. 1029.
③ 莱布尼茨和雅各比的观点请参看前文。

来支配世界的狂热的进步观念同人对自我存在的认识边界的恐惧联系了起来。人类给自己制造的双影人越来越真实，甚至在能力上似乎有超越人类的可能性，使人产生了无法将自己同自己的复制品区别开来的恐惧。

对让·保尔对机器的立场和观点很难简单地进行定论。他一方面期望可以用机器来将人从劳动中解放出来，给人以自由："虽然目前看来还很遥远，但我们应该为之努力，让机器把人类从物质劳动中解放出来……让人类更多地生活在精神世界之中，而不是像现在这样需要由人来操控机器。"[①]另一方面，他又担心机器替代人力后会使人成为多余的。在他的另一篇短文《机器—人和他的性格》（"Der Maschinen-Mann nebst seinen Eigenschaften"）中，第一人称叙述者向土星上的居民介绍了一个地球人的生活，他生活中的一切事务都由机器来完成。他使用写字机（Schreibmaschine）和计算机（Rechenmaschine），吃饭也只用一个安装有咀嚼机（Käumaschine）的机器餐桌。为他自己和客人演奏音乐的工作则有时由伏卡松制造的机器人，有时由雅克-德罗父子制造的机器人来完成。他甚至连忏悔都要靠肯佩伦

---

① Jean Paul："Unternacht-Gedanken". In：ders.：*Sämtliche Werke*. Hg. von Nobert Miller. Abteilung Ⅱ：*Jugendwerke und vermischte Schriften*. Band Ⅲ：*Vermischte Schriften* Ⅱ. München：Hanser 1978，S. 899.

制造的说话机器（Sprachmaschine）来完成。[①] 机器在此扮演着仆人的角色，工作和思考等原本为人所特有的行为活动都由机器来完成，它们能以机器的准时性和可靠性来完成自己的任务。机械机器人可以演奏音乐、说话、下象棋，这在他看来正是对等级社会中文化活动的复刻。他笔下的"说话的机器人"成为言谈界的权威，"思考的机器"则在认知方面更有成效。这种对机器社会乌托邦式的幻想和恐惧一直延续至今。

六、完美与不完美
——克莱斯特的《论木偶剧》

海因里希·冯·克莱斯特的短文《论木偶剧》可视为对人通过理性来规范自我行为这一做法的回应。

整篇文章是以第一人称叙述者"我"和"我"在公园碰到的老朋友——一位当地剧院的首席舞者——之间的对话来展开的。文章的前半部分都在讨论木偶人和舞者两者谁的动作更优雅的问题。舞者认为，木偶的舞蹈动作非常优雅，任何希望完善自身技艺的舞者都应当向木偶学习。木偶舞蹈动作的完成是依靠数学和机械力学的原

[①] 参见 Jean Paul："Der Maschinen-Mann nebst seinem Eigenschaften". In：ders.：*Sämtliche Werke*. Hg. von Norbert Miller. Abteilung Ⅱ：*Jugendwerke und vermischte Schriften*. Band Ⅱ：*Jugendwerke* Ⅱ. *Vermischte Schriften* Ⅰ. München：Hanser 1976，S. 446-453.

理，他希望可以有一个匠人制造一个完美的木偶，它在跳舞时不需要操作者的参与，这样就可以将操作者的意志也从木偶的舞蹈中排除，而只剩下机械力量的施为。舞者认为木偶的优势在于永远不会矫揉造作，它们没有生命，它们的纯粹的摆动仅仅遵循重力的法则。所以舞者认为："论优雅，人是不可能比得上木偶的。在这方面只有上帝能够比得上没有生命的物质。"①舞者构建了一个木偶、人与上帝三者间的框架关系，人的身体和意识间的不调和被认为是"人类食用了知识之树的果实之后的结果，天堂之门关闭着，人类必须不断前行，绕世界旅行，才能期望在身后的某处，天堂之门重又开启"②。

　　第一人称叙述者"我"紧接着举了一个自己熟识的青年男子的例子，以说明人的意识是如何扰乱自然的优雅的。这个青年男子在无意间模仿了著名的雕像《拔刺男孩》的动作，他在将目光投向一面巨大的镜子的时候想起了这座雕像，就将这个发现告诉了"我"。"我"笑着说他一定是看到了幽灵，于是他再次举起脚，想向"我"进行展示。但一次次的努力都失败了，他不断地再尝试，一切却全都是徒劳。当他有意识地想要重复这个动作

① Heinrich von Kleist: *Werke und Briefe in vier Bänden*. Band 3. Berlin/Weimar: Aufbau 1978，S. 477.
② Ebd. , S. 476.

时，自然的优雅全都消失了。

从那天起，从那个动作开始，一种难以理解的
变化发生在那个男孩身上。他开始整天站在镜子
前，而他的魅力渐渐离他远去。仿佛有一种不可见
且不可理解的力量像铁网一样笼罩在他姿势的自由
的游戏之上。一年之后，他身上那种曾经带给所有
注视他的人以愉悦的可爱的优雅消失殆尽。①

一开始的刻意重复变成了一种习惯，形成了一种不
可见且不可理解的力量，有意的和无意的对行为的操控
像一张铁网一样破坏了行为的自然之美，有如理性引导
下人对自我行为的规范。理性对身体的入侵导致了精神
和肉体间一致性的缺失，所以在意识的影响下人的行为
是不完美的。作为参照物的木偶没有生命，它的"灵魂"
存在于它"动作的重心"之中，仅仅依赖重力法则。克莱
斯特在此并不是为了称赞机器的优势，而是为了指出理
性思维对美的破坏。

这种以模仿为原则的生活和劳动的机械化和技术
化，作为理性思维引导下对自然和原初状态的复制，破
坏了身体与精神之间统一和谐的美感。同样地，克莱斯

①　Heinrich von Kleist: *Werke und Briefe in vier Bänden*. Band 3.
　　a. a. O. , S. 478f.

特在这篇短文中也并不是要反对技术的发展，而是要反思人的自我的本真状态的失去。

舞者描述的他同熊博斗的场景则从另一方面表达了利用理性使用各种招数和计谋的人在拥有自然自发性的动物面前的忙乱和无力："撞击和佯攻交替，我大汗淋漓，但一切都是徒劳。熊不仅像世上最强的剑术家一样避开我的进攻；在我佯攻以欺骗它的时候它根本就一动不动。"①正如前文所说的，人一直生活在一个与上帝、动物和机器共存的参照体系中，《论木偶戏》一文重新界定了这种关系，拥有无限意识的神、彻底无意识的机器和拥有自然自发性的动物都处于完满的状态之中，而人则由于自我意识和理性思维只能不断模仿完满的存在，而不得不在通往完满的道路上一直跋涉。

七、技术与魔力
——霍夫曼的《机器人》

在 18 世纪以机器人为创作灵感的德语文学作品中，以霍夫曼的作品影响最大。他阅读过有关伏卡松"吹笛子的人"和肯佩伦"下象棋的人"的介绍，更是木偶人和玩乐机器人的爱好者和收藏家。他于 1814 年创作的断

---

① Heinrich von Kleist: *Werke und Briefe in vier Bänden*. Band 3. a. a. O. , S. 480.

片体故事《机器人》中就涉及一个会说话的机器人和一些能演奏音乐的机器人。故事讲述了两个大学生朋友路德维希和费迪南德去参观一个据说能预言未来的土耳其人打扮的机器人：

> 通常提问者对着机器人的右耳低声询问之后，机器人会首先转动双眼，然后将头靠近提问者，人们相信能感觉到从它嘴巴里呼出的气流，即听到的轻声回答确实是从机器人的内部发出来的。每当它给出几个答案之后，制造它的艺术家会把钥匙插进机器人的左侧上发条，发出很大的声响。根据要求他还会打开一个盖子，让人们看到机器人的内部只是一个由很多齿轮组成的人造驱动装置，并以此向人们证明，里面不可能有足够的空间装下一个人，即使是小矮人。①

此处很容易让人联想到针对肯佩伦"下象棋的人"里面是否藏有一个小孩的议论。不同于尼古莱和爱伦·坡对于机器人是否真正具有语言能力和思维能力的质疑，

---

① E. T. A. Hoffmann：*Die Automate*. In：ders.：*Die Serapionsbrüder*. Hg. von Wulf Segebrecht. Frankfurt am Main：Deutscher Klassiker Verlag 2001，S. 397. 本章中再次引用该书文本时只在括号中给出引文出处页码。

由于文学的虚构性本质，在文学作品中谜题是允许存在的，这也给读者提供了足够的想象空间。小说《机器人》关注的也并不是机器人技术的秘密，而是受到人造技术吸引的人的内心反应。路德维希在还未见到这个机器人时就说："所有这些不仅是依据人的外形制造的，还模仿人的行为的机器人在最大程度上让我感到恶心。"(S. 399)然而他的朋友费迪南德却对这个神秘的传闻很感兴趣，声称自己一定要去见识一下这个机器人，测试传言是否属实，于是他游说路德维希与他同去。

对于路德维希的提问，机器人的回答含糊不清。然而费迪南德认为也许是提问者的问题让机器人不感兴趣，于是他决定问一个私密的问题，希望以此来判断机器人是否真的会预言。在得到准确的答案后，他露出勉强的笑容，并向观众们证实这个机器人确实能预言。他一扫之前的兴高采烈，陷入了迷茫。在私下里，他向路德维希透露说，"这个土耳其人看穿了他的内心"(S. 403)。路德维希则问他，是不是他自己赋予了机器人所给出的模棱两可的回答以重要的意义。费迪南德讲述了他多年前与一个女歌手相遇相识的经历和他对她真挚的爱恋，他问机器人他在未来还能否再经历那曾经的最幸福的时刻(S. 408)时，他得到的答案是："不幸的人！当你再次见到她之时，就是你失去她之时。"(S. 408)仿佛有一种神秘的力量刺穿了他的内心，他感到"自己的私人领域、感情和回忆都受到了伤害"①。为了安慰朋友,路德维希将机器人能进行预言的现象解释为是由于倾听者产生了幻觉:"在这个机器人里面不可能藏着一个真人,这一点可以证实我们认为听到的答案是出自这个土耳其人之口,而这一定是建立在听觉的错觉基础上的。"(S. 413)于是,他认为这一定与某种"催眠术"(S. 414)有关,应是在催眠术的作用下发掘出人的内心里不易被自己察觉的意识:

> 是心理的力量拨动了我们内心原本发出混乱声音的心弦,使得我们清晰地听到了纯净的和弦;也就是说,是我们自己回答了自己的问题,在这个过程中,我们内在的声音被一种陌生的心理原则唤起,在外部以一种更易于被接受的方式表现出来,原本模糊的意识成为明了的箴言。就像我们经常在梦里听到一个陌生的声音向我们传授关于事物的知识,一些我们不了解的或至少说对其心存疑虑的事物,仿佛是这些不熟悉的声音在向我们灌输这些知识,而事实上这些声音只是来自我们的内心,而以一种更容易理解的方式表达出来。(S. 414)

---

① Peter Gendolla: *Die lebenden Maschinen*. Marburg/Lahn: Guttandin & Hoppe 1980, S. 146.

　　带着希望，为了证实他们的猜想，两个大学生决定
去拜访 X 教授，据说是 X 教授赋予了这个机器人预言的
能力。教授向他们展示了他收集的各种可以演奏音乐的
机器人，在听完机器人的演奏之后他们就不可以继续待
在教授的家里，一无所获地离开了。虽没有解开谜题，
路德维希却对音乐机器人演奏的音乐颇有微词，认为这
种机器人演奏的音乐是"邪恶的以及可怕的"(S. 418)，
他说：

　　　　人们对音乐家最大的指责就是他的演奏不带有
　　感情，认为这样会有损音乐的本质，或者甚至会毁
　　了音乐艺术，然而最没有灵魂的演奏者也会比最完
　　美的机器做得更好，因为无法想象在演奏时不含有
　　内在情感的瞬间释放，而显然在机器那儿是不会有
　　这种情况发生的。(S. 419)

　　这个观点得到了费迪南德的认同，他也对这种死板
的机械音乐进行了批评。两人进一步谈论到何为完美的
音乐。路德维希指出，"与自然越亲近的音乐就是越完
美的音乐"(S. 421)。
　　不管是对机器人能看透人心和预知未来这些现象的
解释，还是在听完音乐机器人的表演后表达的感想，路
德维希都显示出一种较为理性的思维方式，他冷静地分
析了自己的所见和所闻；相比较起来，费迪南德则对一

切神秘之物都充满了兴趣，并乐于主动将自己置身于难以解释的现象世界之中。从他一开始听说有能预言未来的机器人这一消息时的兴奋，到认为自己听到了真正的预言后着了魔一般的表现，再到后来在城郊 X 教授家的院子旁他所感受到的神秘力量，他坦言："我感到内心里有一股莫名的力量在涌动，它拨动了内心所有隐藏的弦，现在在恣意地发出声响，我是否会就此沉沦！"(S. 423)他们决定第二天再次去拜访教授，希望可以解开那个困扰费迪南德的谜题，而就在这时，费迪南德收到了一封来自家乡的信，之后便返回了家乡，并且没有像他承诺的那样按时回来。两个月后，他给路德维希写了一封信，信上说他在 P 村庄看到自己所爱的那个女歌手和 X 教授举行了婚礼仪式。路德维希从信的字里行间看出了他朋友"错乱的精神状况，而当他得知 X 教授从未离开过一直居住的城市时，更是感到一团迷雾"(S. 427)。

至此，所有的谜题都没有被解开，该故事的讲述者特奥多解释了以开放的方式结束故事的意图。他认为："读者或听者的想象力应该受到一些强烈的震动，然后任由其向前发展。"(S. 427f.)

那个只在故事开头出现过的会预言的机器人在费迪南德的整个心理发展变化过程中起到了媒介的作用，按照路德维希的猜想和推论，费迪南德是受到了催眠术的影响，尽管他也无法解释催眠术是如何在机器人和倾听者之间发生作用的，但机器人却是使费迪南德内心深处难以辨识的意识明了化的介质。

在神秘力量的影响下，费迪南德最终也没有解开困扰他的谜团，最后还变得精神错乱。《机器人》可说是霍夫曼对于机器人和由此所反映出的人的心理问题进行探讨的初步尝试。

八、以机器人为镜——霍夫曼的《沙人》

在《机器人》中，霍夫曼已表现出对机器人和人的心理问题的关注，这一主题在他于 1815 年创作的《沙人》中得到了进一步研究，《沙人》被收入他于 1817 年出版的作品集《夜谭篇》（*Nachtstücke*）。①

"夜谭"的概念原本出自绘画艺术，指"对夜晚场景的描绘"②，即"夜景画"。18 世纪晚期，"夜谭"在德国成为文学概念主要是由于让·保尔的作品。在让·保尔的作品中，"夜谭"既指夜晚的场景，也指夜里发生的神秘事件。霍夫曼的《夜谭篇》中不仅创造了为浪漫派所一贯赋予黑夜与黑暗的幻想空间，也秉承了黑暗作为对抗

---

① 《沙人》的手稿据记载完成于 1815 年 11 月 16 日，1816 年 9 月印制，1817 年收入《夜谭篇》出版。参见 E. T. A. Hoffmann：*Fantasie- und Nachtstücke*. 6. Aufl. Düsseldorf/Zürich：Artemis & Winkler 1996，S. 833.

② Ebd.，S. 834.

理性之光的力量的传统。"霍夫曼的《夜谭篇》将目光投向理性和社会的'黑暗面',投向人的意识之外和日间可见范围之外的隐蔽力量,是平衡理性不可或缺的力量,可用以测量理性统治范围的边界。"①

《夜谭篇》问世后反响平平,得到的评价大多是负面的。对于霍夫曼作品在德国的逐渐被接受产生了最大影响的当属歌德对霍夫曼的评价,这是由于歌德翻译了苏格兰作家瓦尔特·斯科特(Walter Scott)评论霍夫曼的文章。歌德摘引了斯科特对《沙人》结尾部分的评语,并在翻译时使用了更加激烈的言辞:"这不是诗意的精神表现出来的面貌,而是像梦游者的荒诞不经的想法;它是一颗敏感、病态的头脑中产生的狂热的梦幻……"②尽管后来人们对霍夫曼作品的关注渐渐升温,但《夜谭篇》在很长时间内依然不被重视,《沙人》却是例外,成为浪漫派作家创作的少数具有持久影响力的作品之一。

20世纪初,弗洛伊德在《悚然之物》(*Das Unheimliche*)中从心理分析的角度对《沙人》进行的阐释打开了一个新的分析维度,在此之后心理分析层面的研究层出不穷,近年来从感知的角度来分析小说中的视觉和观看成为另一个热点,眼睛主题和望远镜主题开始受到关

---

① E. T. A. Hoffmann: *Fantasie- und Nachtstücke*. a. a. O. , S. 834.
② E. T. A. Hoffmann: *Der Sandmann*. Mit einem Kommentar von Peter Braun. Frankfurt am Main: Suhrkamp 2003, S. 70.

注。在此研究基础上，本章将重点分析机器人或人造人在小说不同层面上所起到的镜子的作用。

在写给自己未婚妻的表哥洛塔的信中，主人公纳塔奈尔谈到他与晴雨表商人科佩拉的相遇引发了他对自己童年一段可怕经历的回忆。他从小就对"沙人"心怀恐惧却又充满好奇，他以为家中每次神秘到访的客人就是"沙人"。在好奇心的驱使下，他决定躲在父亲的房间里等待"沙人"的出现，并发现他所以为的"沙人"就是每次让他和母亲感到不愉快的律师科佩琉斯。无意间，他目睹了父亲和科佩琉斯进行的秘密实验。依据纳塔奈尔的描述可以推断出，两人正在进行人造人的实验。

他看到在一个小炉子里面"蓝色的火焰在啪啪作响"①，周围摆放着"各种奇怪的工具"(S.336)，科佩琉斯"挥舞着冒着火花的钳子，从浓烟中取出一大块闪烁发光的物体捶打着。那看上去仿佛是一张人脸，但是没有眼睛——只有丑陋的、深深的黑洞"(S.336)。偷窥被发现后，科佩琉斯想要剜去纳塔奈尔的一双眼睛，在其父亲的苦苦哀求下科佩琉斯才作罢。但他仍然表示，"那我们现在来好好观察一下他的手和脚的构造"(S.336)。纳塔奈尔在回忆时使用了"虐待"(S.337)一词

---

① E. T. A. Hoffmann: *Der Sandmann*. In: ders.: *Fantasie- und Nachtstücke*. a. a. O., S. 336. 本章中对《沙人》文本的引用都出自该版本，下文中再次引用时只标注引文出处页码。

来形容科佩琉斯对他的所作所为。在他的描述中，科佩琉斯用力地抓住他，拧下他的手和脚，折断手脚的关节，将它们一会儿安装在这儿，一会儿安装在那儿，但怎么都不能装成原来的样子，于是科佩琉斯自言自语地说："上帝才知道该怎样做。"(S. 336)①

科佩琉斯模仿上帝造人的行径强化了他的魔鬼形象，同时也暗示了人是可以制造的可能性。将人的四肢"拧下"并试图重新安装的意图可看成是根据机械原理制造人造人的尝试。根据鲁道夫·德鲁克斯(Rudolf Drux)的评论，科佩琉斯把人的肢体当成是可以拧下后再重新换位安装的机器组件，与拉美特利的观点相同，即认为人是自然界所有生物体中机体组织最完善的机器。② 暂且不论纳塔奈尔的描述是否符合"现实"，至少在他的感知中，将人的肢体和机器的部件相提并论是可以的，这样的经历也为他后来将机器人和人混淆做了铺垫。

在纳塔奈尔偷看到的实验中，按照他的描述，他的父亲和科佩琉斯造出了一个人的躯体，只差一对眼睛——眼睛不仅是生物学意义上的一个器官，还常被比喻为人的"灵魂"③，所以科佩琉斯逮住纳塔奈尔时才欣

---

① 此处的原文为"Der Alte hat's verstanden"。在歌德的《浮士德》中，梅菲斯特也将上帝称为 Der Alte。
② 参见 Rudolf Drux：E. T. A. Hoffmann. Der Sandmann. Erläuterungen und Dokumente. Stuttgart：Reclam 2000，S. 16.
③ 参见 ebd.，S. 15.

喜若狂地说："现在我们有一对漂亮的孩子的眼睛了。"
(S. 336)失去眼睛的恐惧让纳塔奈尔认为科佩琉斯与他
想象中的沙人完全等同。Coppelius 的词根 coppo 在意
大利语中就是"眼眶"的意思，这也让人联想到纳塔奈尔
看到的只有深深的黑洞的没有眼睛的脸。按照眼睛作为
"灵魂"的象征意义来看，科佩琉斯想要夺取纳塔奈尔的
眼睛安装在人造人身上，是为了赋予人造人以"灵魂"，
所以在这层转义的基础上，纳塔奈尔害怕失去眼睛的恐
惧也可以被理解为对失去"灵魂"的恐惧。

托马斯·塔贝尔特认为："唯物论对世界和人的图
像的建构，会导致人的自我理解的不确定性……担心由
于人在技术上是可复制的机器人最终会通过'偷走'人的
'灵魂'。"[①]拉美特利否定了人的灵魂的特权，将灵魂看作
人这台机器的一部分，整台机器按照自然法则运转，在唯
物论的意义上，"灵魂"是可以被制造的，利用科学技术可
以再造出人的复制品，那么如同本雅明在《机械复制时代
的艺术作品》(Das Kunstwerk im Zeitalter seiner tech-
nischen Reproduzierbarkeit)中所认为的机械复制技术让
艺术品的"灵光"(Aura)消失那样，人也就通过可复制性
失去了自身独一无二的特性。

在人制造机器人和上帝造人的类比中，人取代了上

---

① Thomas T. Tabbert：*Die erleuchtete Maschine - Künstliche Menschen in
E. T. A. Hoffmanns "Der Sandmann"*. Hamburg：Artislife 2006，S. 83.

帝，技术取代了宗教，这一过程在小说的叙述中被视为是令人恐惧的，纳塔奈尔在目睹这一过程后陷入了晕迷状态，并且"一病好几个礼拜"(S.337)。一年之后，他父亲和科佩琉斯再次进行了类似的实验，他父亲在爆炸中死去，科佩琉斯则失去了踪迹。再次见到晴雨表商人科佩拉时，纳塔奈尔断定这两个人是同一个人。

童年那一段差点被夺走眼睛的经历使得他内心中的某个部分一直停留在童年时期的认知状态，也导致了他内心黑暗的认知基调。一个重要表现就是他分不清现实和想象，"整个生活对他而言都成了梦境和预感"(S.346)。而这时他其实离疯癫也就不远了。正如他的未婚妻克拉拉在回信中对他说："你描述的所有恐怖的事情，都只发生在你的内心世界里，而在外部的现实世界里你却少有参与。"(S.339)克拉拉将纳塔奈尔描述的秘密实验解释为"炼金术实验"(S.339)，认为他父亲的死纯属意外，责任不在科佩琉斯，而"黑暗的心理力量"(S.340)在她看来则是其"自我内心的幻象"(S.341)。克拉拉的形象类似于《机器人》中同样扮演理性教化角色的路德维希，用心理分析去解释为同伴所坚信的魔力，而纳塔奈尔则和费迪南德一样充满着好奇心，喜欢用魔力去解释自己的所见所闻。

纳塔奈尔深陷于自己的内心世界之中，认为科佩琉斯是"邪恶的"，并预感"这种令人厌恶的魔力会以可怕的方式阻碍他和克拉拉的幸福爱情"(S.346)。他将这一预感创作成诗歌，诗歌中的设想是，在他和克拉拉举行婚礼时，科佩琉斯突然出现来抢夺克拉拉的眼睛，并且将他扔进冒着火焰的"火圈"（Feuerkreis）中。"火圈"则是他后来疯癫状态的象征。纳塔奈尔看着克拉拉的眼睛，看到的是死亡。在给克拉拉朗读自己创作的诗歌时，纳塔奈尔投入了全部的感情，以致情绪一度失控，克拉拉想安慰他使他忘掉那些疯狂的幻想，希望他"把这些疯狂的、愚蠢的、不理智的童话都扔进火堆里去"（S. 348）。纳塔奈尔生气地跳了起来，并对着克拉拉大吼："你这个冷血的、该死的机器人！"（S. 348）他在此处将人比作机器人，与他童年形成的两者可以相提并论的意识有关。

18 世纪欧洲上层文化群体中盛传的机器人所具有的写字、下象棋、演奏音乐等能力，实际上是对受过教育的贵族和市民阶层应具有的技能的反映。机器人的制造者们希望自己手中的机器能尽可能完美地模仿人的行为举止，甚至能比人做得更好。

纳塔奈尔的教授斯帕兰扎尼为了测试自己制造的机器人是否能成功地以假乱真并为大众所接受，就为机器人奥林皮娅举办了一场音乐会和舞会，让她以教授"女儿"的身份进入社交界。奥林皮娅出场时衣着华丽精致，面容姣好，身段苗条，得到了大家的赞叹。她跳舞时的步伐"均匀但不自然"（S. 353），她以高超的技艺弹奏钢琴并以清澈高亢的嗓音演唱了一曲技巧难度较高的咏叹调。在之后的舞会上，纳塔奈尔无视奥林皮娅步伐的机械性，反倒觉得和奥林皮娅相比，自己缺少些节奏感。弹钢琴、唱歌、跳舞，奥林皮娅的表现在当时可算得上是完美的市民女性的典范，以至于后来人们在知道真相后，彼此间都失去了信任。"为了确信自己爱上的不会是木偶人，很多男性都要求自己的爱人能够不按节拍地唱歌和跳舞……"(S. 360)同时我们可以看出，当时市民阶层的女性已经在很大程度上适应了社会要求的机械性，即当时社会对女性角色的定义和要求。①

布里吉塔·菲尔德勒(Brigitte Felderer)将该问题加以普遍化，他认为 18 世纪的"真正的机器人"不是那些由精美的钟表发条驱动的、能以假乱真模仿人的、与人外形相似的机器，而更多地是那些为了能融入市民社会而努力接受教育、规训自己、讲求实际的人。② 林哈特·瓦尔瑞恩(Lienhard Wawrzyn)经研究认为，在 18 世纪人们致力于用机械原理来解释世界，在举止和外形上模仿木偶人。世界、社会、人都被比作机器，机械原理及与之相应的世界观对于当时的封建统治者来说是实

---

① 参见 Rudolf Drux："Von der gelenkten Gliederpuppe bis zu den Dampf-maschinen beiderlei Geschlechts. Soziale und technische Entwicklungen im literarischen Spiegel der Goethezeit". In: Horst Albert Glaser/Wolfgang Kaempfer（Hg.）: *Maschinenmenschen*. Frankfurt am Main: Lang 1988, S. 90.

② 参见 Brigitte Felderer: *Künstliches Leben in Österreich. Die Automaten und Maschinen des Freiherrn von Kempelen*. a. a. O., S. 219.

现"绝对统治"的愿望的支撑，他们希望可像掌控钟表一样掌控社会。① 而浪漫主义时期的人则开始反思技术，重视天然的和技术的之间的区别。"对于市民阶层的艺术家来说，技术不再是实现愿望的美梦，而是噩梦。"②以奥林皮娅的舞步为例，霍夫曼对人的行为的机械化或者说以机械步伐为效仿对象的做法显然是持否定态度的，在他之前创作的《机器人》中，他就借两位大学生朋友的交谈表达了自己对机器人演奏的音乐的看法，认为这种机械的音乐有违音乐的"灵性原则"③。

　　伴随文明进程中人的自我控制的增加，浪漫主义时期的艺术家意识到理性化和社会规范会导致人的思想和行为的僵化。在这一层面上，木偶人奥林皮娅也是市民社会中被规训了的、被理性化了的一类人的参照，如坚持用自然科学来解释一切现象，被纳塔奈尔称为"冷血的机器人"的女性市民克拉拉。克拉拉一直希望做纳塔奈尔的守护天使，帮助他走出内心的幻想世界。然而理性对黑暗幻想的收服最终以失败告终。在小说结尾，霍夫曼为克拉拉安排了一个看似如田园诗般的童话结

---

① 参见 Lienhard Wawrzyn：*Der Automaten-Mensch*. *E. T. A. Hoffmanns Erzählung vom Sandmann*. a. a. O.，S. 104.
② Ebd.，S. 105.
③ E. T. A. Hoffmann："Die Automate". In：ders.：*Die Serapionsbrüder*. Hg. von Wulf Segebrecht. Frankfurt am Main：Deutscher Klassiker Verlag 2001，S. 419.

局——她找到了自己的幸福，过上了安宁的家庭生活。而这种外在的安宁也受到了质疑。在和一个精神崩溃的人长期相处并经历了他的一再发疯和塔楼上发生的那一幕之后，如果她"仍然可以享受平静的家庭幸福，那么这种幸福只可能是内心在受到压抑后的表面上的幸福"①。

在对《沙人》的阐释中，不得不提到弗洛伊德的《悚然之物》。弗洛伊德认为"悚然之物"带来的恐惧来源于未知的和不熟悉的。小说中纳塔奈尔在给洛塔的信中提及第一次见到奥林皮娅的感受时用到了 unheimlich 一词："她让我感到毛骨悚然。"（S. 356）弗洛伊德则认为"看起来像活人的木偶奥林皮娅并不是在小说中造成恐怖效果的唯一原因"②，而是沙人和与之相关的对失去眼睛的恐惧。在弗洛伊德的解读中，小孩对眼睛被剜去的恐惧是阉割恐惧心理的一种替代，俄狄浦斯自戳双眼仅仅是相对于阉割惩罚的一种减刑。他认为这样可以解释"为什么沙人每次都以爱情绊脚石的角色出现"③。纳塔奈尔童年时偷看父亲和科佩琉斯做实验被发现后遭受后

---

① Friedhelm Auhuber: *In einem fernen dunklen Spiegel. E. T. A. Hoffmanns Poetisierung der Medizin*. Opladen: Westdeutscher Verlag 1986，S. 71.

② Sigmund Freud: "Das Unheimliche". In: *Sigmund Freud. Studienausgabe*. Band Ⅳ: *Psychologische Schriften*. Hg. von Alexander Mitscherlich. Frankfurt am Main: Fischer Taschenbuch Verlag 1982，S. 251.

③ Ebd. , S. 255. 在弗洛伊德的解读中，沙人、科佩琉斯和科佩拉为同一人。

者的虐待、差点失去眼睛的经历作为"原初场景"
(Urszene)一直埋藏在他的记忆中,并影响着他认知世
界的眼光。

　　弗洛伊德认为人内心最初的双影人是为了应对自我
的沉沦,所以"不灭的"灵魂可能是肉体最早的双影人。
这种想象的基石是对自我的爱。这个阶段之后,双影人
的征兆也发生了变化。为了继续生活,双影人成为对死
亡的难以言说的禁止,而自恋情结也演变成内心的审查
机制,一部分的"我"作为"良知"监督着其余部分的
"我",自恋发展为自我观察与批判。此外还有自我努力
以及被压抑的自由意志的幻觉。自我身份认同在受到阻
碍时,会倒退到成长过程中的某个阶段,那时候自我还
不能明确地区分内心世界和外界。①

　　纳塔奈尔第一次见到奥林皮娅时,认为她"双眼呆
滞""目光无神"。后来他才了解到,奥林皮娅是新来的
物理学教授斯帕兰扎尼的女儿。在与克拉拉就他的诗歌
进行争论并和解后,纳塔奈尔再次返回学校所在的城
市。由于他之前居住的房子发生了一场火灾,他现在刚
好搬到教授斯帕兰扎尼住所的街对面,从窗户望出去正
好望到奥林皮娅的房间,他发现奥林皮娅经常连续数小
时保持一个姿势坐着不动,虽然他认为奥林皮娅看上去

---

① 参见 Sigmund Freud: "Das Unheimliche". In: *Sigmund Freud. Studienausgabe.* Band Ⅳ: *Psychologische Schriften.* a. a. O., S. 258f.

很美，但对于他来说，她仍然只是像一座"柱形立像"
(S. 350)，这时晴雨表商人科佩拉再次出现。

为了向自己和克拉拉证明他已经战胜了自己的心
魔，已经将对沙人和科佩琉斯的恐惧从内心清除，纳塔
奈尔决定把科佩拉当作普通商人对待，并打算真的从他
那儿买点东西。他拿起一架小巧的望远镜望向窗外：

> 在他的生命中他还从未见过能让眼前的事物如
> 此纯净、鲜明和清楚的镜子。他不由自主地望向斯
> 帕兰扎尼家；奥林皮娅像往常一样坐在桌前，胳膊
> 搭在桌上，双手交叉。——他现在才看清奥林皮娅
> 美丽的脸庞，她的双眼也完全不再显得呆滞。当他
> 不断拉近望远镜时，他感觉到，奥林皮娅的眼中仿
> 佛流淌着水汪汪的月光。(S. 351f.)

望远镜利用光的折射原理成像，乌尔里希·斯达特
勒(Ulrich Stadler)在考察了霍夫曼所处时代光学仪器的
质量后，认为由于技术有限，"在望远镜和显微镜中看
到的图像存在成像的偏差也不是什么奇怪的事情"①。迪
特·默施(Dieter Mersch)在解释望远镜对人的感知影响

---

① Ulrich Stadler: "Von Brillen, Lorgnetten, Fernrohren und Kuffischen
Sonnenmikroskopen zum Gebrauch optischer Instrumente in Hoffmanns
Erzählungen". In: Hartmut Steineck (Hg.): *E. T. A. Hoffmann
Jahrbuch*. Band 1. 1992/93. Berlin: Schmidt 1993, S. 95.

时说："那时显示的所为何物，得加上阐释：这是理性模式的一次胜利，而这种胜利反过来又将促使技术性感知的效率的提高。"①由于阐释的需要，观察者的想象力得到释放的空间，在望远镜技术的介入下，被观看者成为被虚构的人。

如果说童年时期被沙人科佩琉斯差点"夺走"眼睛的经历影响的只是他的内心，让他沉溺于黑暗的幻想之中，但并不影响他对外部世界的感知，所以他在一开始看到奥林皮娅时也和其他人一样认为她是死气沉沉的，那么晴雨表商人科佩拉卖给他望远镜则相当于卖给他一双人造的眼睛，改变了他对外界的认识，改变了他的视角，从那之后，他眼中的奥林皮娅就开始"拥有了生命"。

纳塔奈尔第一次与奥林皮娅近距离接触是在教授为她举办的演奏会和舞会上。在奥林皮娅演奏钢琴时，纳塔奈尔站在后排看不清她的容貌，于是他不由自主地摸出望远镜，在望远镜中他察觉到对方向他投来的渴慕的目光。可以说，在奥林皮娅的眼中他看到的是他自己。奥林皮娅的生命力存在于观察者的眼中，是纳塔奈尔赋予了她生命力。在随后的舞会上，纳塔奈尔"握着奥林皮娅冰冷的手，感受到的是让人害怕的寒冻，他注视着

---

① Dieter Mersch："Aisthetik und Responsivität". In：Erika Fischer-Lichte/Christian Horn/Sandra Umathum u. a.（Hg.）：*Wahrneh-mung und Medialität*. Tübingen：Francke 2001，S. 273.

奥林皮娅那一双充满着爱意和渴望的眼睛，那一刻，仿佛她手上的脉搏开始跳动，生命之火开始燃烧"(S. 354)。

类似的场景还出现在霍夫曼于 1816 年创作的童话《胡桃夹子与老鼠王》(*Nussknacker und Mausekönig*)中，小女孩玛丽同样赋予了她的圣诞礼物木偶人胡桃夹子生命的力量："她突然感到，手中的胡桃夹子有了温度，并开始微微地活动了。"①弗洛伊德认为儿童赋予玩具娃娃以意想之中的生命，是一种普遍现象，因为"儿童在早年做游戏时不能清楚地区分有生命的和无生命的物体，他们还特别喜欢把玩具娃娃当作有生命的物体对待"②。同时弗洛伊德也认为，儿童不会对复活的玩具娃娃产生恐惧，甚至会渴望拥有玩具娃娃，所以活着的木偶不会是令内心还停留在孩童时期的纳塔奈尔产生恐惧心理的原因。③

纳塔奈尔将他所有的情感通过自己的眼睛都投射到了奥林皮娅的身上，让奥林皮娅"拥有"了灵魂，而他自己剩下的则只是一副躯壳，所以按照笛卡尔对身体是机器的理解，被改变了视角之后的纳塔奈尔在某种程度上成了机器人。

---

① E. T. A. Hoffmann："Nussknacker und Mausekönig". In：ders. ：*Die Serapionsbrüder*. Hg. von Wulf Segebrecht. Frankfurt am Main：Deutscher Klassiker Verlag 2001，S. 288.
② Sigmund Freud："Das Unheimliche". In：*Sigmund Freud. Studienausgabe*. Band Ⅳ：*Psychologische Schriften*. a. a. O. , S. 256.
③ 参见 ebd. , S. 257.

　　　　纳塔奈尔亲吻了奥林皮娅的手，并低下头去亲
　　吻她的嘴唇。奥林皮娅的嘴唇冰凉，握着奥林皮娅
　　冰冷的双手，那一瞬间他想起了死亡新娘的传说；
　　但他感到奥林皮娅也紧紧地抓着他的手，在那一吻
　　之后奥林皮娅的嘴唇仿佛也有了生气。(S. 355)

　　纳塔奈尔自认为得到了奥林皮娅的回应，一厢情愿
地投入对她的迷恋之中，他无视朋友西格蒙德的劝阻，
并称："只有在奥林皮娅的爱中我才能找到自己。"
(S. 356)纳塔奈尔将自己在克拉拉那儿未曾获得肯定的
文学创作成果全都拿来给奥林皮娅看。奥林皮娅一动不
动、目光呆滞地望着纳塔奈尔，后者看到的却是她"越
来越灼热、越来越有生机的目光"(S. 357)，而这实际上
只是他自己感情越来越投入的表现，他已分不清那到底
是奥林皮娅的反馈还是自己内心的声音，想象与现实间
的界限完全消失了。机器人奥林皮娅只是纳塔奈尔内心
投影的镜子，所以他对奥林皮娅的爱实际上只是对自己
的爱，他与奥林皮娅分享文学创作心得实际上是对自己
内心的顺应，所以不会受到任何否定，可以顺利地在奥
林皮娅身上找到身份认同。
　　就在纳塔奈尔沉醉于自己幻想出来的恋爱关系中
时，却在无意间目睹了奥林皮娅的"父亲"斯帕兰扎尼和
科佩拉间的争吵。两人撕扯奥林皮娅的场景基本上就是
他童年时偷看父亲和科佩琉斯人造人实验被发现后的场

景的再现，建立在自恋基础上的认知使得他对奥林皮娅的被毁坏感同身受。他看到奥林皮娅的脸上没有眼睛，只有两个黑洞，童年经历造成的对于失去眼睛的恐惧再次浮上他的心头，在情绪失控后，他陷入疯癫状态，变得语无伦次，最后发出了"可怕的动物般的怒吼"（S. 359）。笛卡尔认为人与动物的区别之一在于人拥有理智，康德把人和动物相对比时也认为人通过受教育祛除了与生俱来的动物性，纳塔奈尔在受到强烈刺激时失去理智而发疯的行为也与动物一样。

　　与童年那次经历发生之后的情况一样，纳塔奈尔大病初愈般醒来，仿佛恢复了内心的平静，在母亲、朋友和爱人克拉拉的照料下，他的"一切疯癫的症状都消失了"（S. 361）。小说结尾，在克拉拉的提议下，两人登上市政厅的塔楼远眺。克拉拉指着一处灰色的小灌木丛给纳塔奈尔看，纳塔奈尔却认为"灌木丛仿佛在井然有序地向我们移动过来"（S. 362）。此处的灰色灌木丛代表的其实就是刚进城的科佩琉斯，在纳塔奈尔童年那段可怕经历发生时，科佩琉斯也是穿着灰色的外套出现的。"灰色在民间传说中被认为是鬼怪的颜色，魔鬼就中意灰色。"①纳塔奈尔下意识地将手伸向侧面的口袋，摸出了科佩拉卖给他的望远镜。他举起望远镜看到了镜头前的克拉拉。由于他距离观察物如此之近，观察物的形象

---

① E. T. A. Hoffmann: *Der Sandmann. Mit einem Kommentar von Peter Braun.* a. a. O., S. 90.

发生了扭曲、变形。纳塔奈尔由于受到惊吓而再次疯
癫，他的眼睛里燃烧着火焰，如动物般吼叫，他抓住克
拉拉并试图把她扔下塔楼。后者被迅速赶到的洛塔救下
之后，他自己跳上了瞭望台，大喊着"火圈、火圈"，当
他在聚集的人群中发现科佩琉斯时，他惊呼"漂亮的眼
睛"，并越过栏杆纵身跳下，"漂亮的眼睛"正是科佩拉
卖给他望远镜时口中一直念叨的一句话。纳塔奈尔跳下
塔楼之后，科佩琉斯也消失在人群中。汉斯·理查德·
布里特那赫（Hans Richard Brittnacher）在解读纳塔奈尔
在塔楼上的行为时认为，在科佩拉卖给他人造的眼睛改
变了他的视角后，他就变成了没有灵魂的机器人，他用
望远镜在克拉拉"有生命力"的眼睛里面看到的木偶人正
是他自己。[①] 从这个层面上来看，他最后的疯癫是因为
从小就潜伏在他心中的自我身份认同危机的全面爆发。

　　纳塔奈尔幼年时在与魔鬼科佩琉斯的接触中就迷失
了自我，不仅差点失去被喻为"灵魂"的眼睛，身体还被
当作机器来对待，间接导致他成年后将人与机器人相混
淆；埋藏在内心里的恐惧造成了他黑暗的认知基调，也
导致他形成以幻想代替现实的习惯。借助于科佩拉卖给
他的望远镜，他将自己的内心完全投射到了木偶人奥林
皮娅的身上，奥林皮娅成了他的镜子，他认为可以与奥

---

① 参见 Hans Richard Brittnacher：*Ästhetik des Horrors．Gespenster*，
Vampire，*Monster*，*Teufel und künstliche Menschen in der phantas-
tischen Literatur*．Frankfurt am Main：Suhrkamp 1994，S. 309ff.

林皮娅进行情感互动也是因为他赋予了木偶人以灵魂，对奥林皮娅的爱其实是他对自我的爱，所以在奥林皮娅被人来回撕扯的时候，他感同身受，精神崩溃而陷入疯癫。与沉溺于幻想的纳塔奈尔形成鲜明对比的克拉拉则代表着市民社会中伴随文明进程而形成的被规训了的、理性化了的一类人。机器的比喻不仅存在于人掌控世界的理想中，还存在于启蒙运动之后对人的新的理解中。对人体的机器比喻一方面代表着将人体当作机器来对待的思想萌芽，另一方面也要求人按照社会准则对自己的行为举止进行控制，机器人成为人的机械性行为的参照物。1800 年前后，以霍夫曼为代表的作家在文学创作中对机器人主题的探讨，是当时的人进行自我理解的一种尝试，是在科学和技术成为解释世界和人自身的主流思潮下，人在面对自己通过技术手段为自己制造的"双影人"时对于自我身份的思考。正如凯特·迈尔-德拉维在《上帝的助手》一文中所认为的："不只是我们以自己为模型来制造机器。更重要的是，我们将自己内在的不平静的且无法理解的东西向外界寻找一种形式表现出来，通过我们自身的双影人来更好地理解自身。"[①]

---

① Käte Meyer-Drawe：*Menschen im Spiegel ihrer Maschinen*. a. a. O. , S. 75.

第三章　从镜像到工具

　　机械机器人作为玩乐机器在 19 世纪上半叶逐渐退出了人们的视野，工业革命时期出现的劳动机器成为文学界新的关注对象。玩乐机器制造的是娱乐，是对历史、艺术、音乐和文学样本的复制，将文化习俗用机器的形式表现出来，引起人们的讶异和赞叹。劳动机器则以生产为目的，其产品是消费品或再次进入下一个生产环节的物品。如果说机械机器人是对人的模仿，那么劳动机器则是对人力的替代。

　　让·波德里亚（Jean Baudrillard）在《象征交换与死亡》（L'échange symbolique et la mort）一书中分析了 18 世纪的人造人，即自动木偶与工业时代以生产为目的的机器（或机器人）间的区别。他认为，自动木偶是针对人的戏剧性、机械性、钟表性进行的仿造，其中的技术因素完全屈从于类比和仿象效果。自动木偶扮演宫廷里的人或有教养的人，它在大革命前参与戏剧和社会的游戏。以生产和劳动为目的的机器或机器人则受到技术原则的支配，在这种原则下，机器占有优势，如此而建立的是等价关系："自动木偶是人的类比物，而且仍然是人的对话者(它可以和人下象棋)。机器则是人的等价物，并且在操作过程的统一性中把人作为等价物占为己有。"①

　　自动木偶是对自然、对灵魂是否有秘密，对表象和存在之间关系的发问，它唯一的用途就是不断地被与活人进行对照，目的在于使它比活人更自然，成为活人的理想。这是对人进行的完美复制，它可能引起人的恐慌，即人担心不能将自己和自身的复制品区别开来："发现没有任何差异，为了把身体制成理想的标本，灵魂没有了。这是渎圣。"②所以这种差异被维持了下来，两者之间仍存在区别，不至于被混淆。③ 因此，自动木偶的发问是开放式的，这使它成为"乐观主义机械"④。

　　而用于劳动的机器或机器人不再针对表象发问，它唯一的真相就是机械效率。它不再追求与人相似，并且不再与人相比，那种给自动木偶带来神秘魅力的微小的形而上学的差异不复存在，存在和表象在生产和劳动的唯一实体即机器中融为一体了。由此形成了一种"没有形象、没有回声、没有镜子、没有表象的现实：这正是

---

① ［法］让·波德里亚：《象征交换与死亡》，车槿山译，66 页，南京，译林出版社，2009。
② ［法］让·波德里亚：《象征交换与死亡》，66 页。
③ 文学作品对此的处理除外，在《沙人》中，纳塔奈尔就将木偶人奥林皮娅当作真人对待。
④ ［法］让·波德里亚：《象征交换与死亡》，67 页。

劳动，正是机器，正是与戏剧幻觉原则根本对立的整个
工业生产系统。不再有上帝或人类的相似性或相异性，
但有一种操作原则的内在逻辑"[①]。

所以，波德里亚最后指出，用于生产的机器和机器
人可以被大量制造，这是工业生产系统的法则。人们停
止了仿造，进入生产和再生产。从玩乐机器到劳动机
器，机器从作为人的参照物的镜子，发展到在工业生产
系统中成为人的对立物，或按照波德里亚的说法，从人
的类比物转变为人的等价物。

一、劳动分工与机器化原则

在 18 世纪，人对自我行为的规范以及人体内抽象
时间感的形成——这种埃利亚斯在《文明的进程》中描述
的理性化由社会中上阶层的行为标准和在机器人身上的
完美展示进入物质生产领域。这种新形式的理性化并不
是在以蒸汽机和织布机为代表的机器化大工业时期才开
始的，而是在以分工为基础的工场手工业时期就已经普
遍化了的。

马克思在《资本论》(*Das Kapital*)第 1 卷中详细论
述了劳动分工对人的工作习惯的影响、与劳动机器以及
整个生产机构中的关系：

---

① ［法］让·波德里亚：《象征交换与死亡》，67 页。

　　终生从事同一种简单操作的工人，把自己的整个身体转化为这种操作的自动的片面的器官，因而他花费在这一操作上的时间，比顺序地进行整个系列的操作的手工业者要少。但是，构成工场手工业活机构的结合总体工人，完全是由这些片面的局部工人组成的。[①]

　　工人成为机构整体中的一个组成元素，个体的能力被削弱，劳动分工将生产分解成一系列可重复的片段，这些片段按顺序联系在一起，在生产过程中，抽象的时间概念被引入，每一个生产步骤都被时间量化。同时，在人被机器取代之前，人的身体也必须适应这种规律性：

　　工场手工业总机构是以一定的劳动时间内取得一定的结果为前提的。只有在这个前提下，互相补充的各个劳动过程才能不间断地、同时地、空间上并存地进行下去。很明显，各种劳动因而各个工人之间的这种直接的互相依赖，迫使每个工人在自己的职能上只使用必要的时间，因此在这里形成了和独立手工业中，甚至和简单协作中完全不同的连续性、划一性、规则性、秩序性……[②]

---

① 　马克思：《资本论》第 1 卷，393 页，北京，人民出版社，2004。
② 　马克思：《资本论》第 1 卷，400 页。

劳动分工使工人发展成为片面的人，劳动时间的量化和单一的工作性质也培养出工人从事片面工作的习惯，进一步使他变成"本能地准确地起作用的器官，而总机构的联系迫使他以机器部件的规则性发生作用"①。整个工厂按照机器的规则运转，工人构成了它的各个部件。

从工场手工业发展到机器化大工业，带来的是以机器代替手工工具、以蒸汽机的动力取代人力的一场巨大变革。虽然工场手工业中的劳动分工和量化的时间已经消解了工人个体的整体性，使之成为片面的人，但工人在与其所操作的工具之间的关系中仍然处于支配地位；而到了工厂中，工人和机器间的主客体关系就发生了逆转，与其说是工人使用机器，不如说是机器使用工人。工厂中的分工标准不是工人的技能，而是将工人分配到各种专门的机器上去，工人需要去适应机器的运动，同时，机器生产不需要像工场手工业时期那样使分工固定下来，因为工厂的全部运动不是从工人出发，而是以机器为出发点，操作机器的培训相对简单得多，所以更换工人也不会使劳动过程中断。②

工人沦为机器的附属，机器在二者的关系中具有霸权性地位，机器决定着工人的状态。同时，工人自己也变

---

① 马克思：《资本论》第1卷，405页。
② 参见马克思：《资本论》第1卷，484~485页。

成与其制造的产品同类的东西，像商品一样在劳动力市场上被买卖。劳动过程的机械化与合理化的增强，人的整体感的消失，以及人对机器的附属关系，三者共同构成了马克思探讨的生产过程中人的"异化"(Entfremdung)的条件。

二、现代技术中的人与自然

马克思在其技术批判理论中，从政治经济学的角度分析了技术和机器对人的奴役。他认为在工业生产中，技术是与工人对立的一种异己的、敌对的和统治的力量，工人沦为了技术和机器的奴隶。与马克思不同，20世纪的哲学家海德格尔虽然也认识到了现代技术的危险，但他对于技术的思考不是简单地接受或抵制，而是从反思笛卡尔以来的现代形而上学和世界成为图像之间的关系出发，从整体上分析现代①之本质，并进一步跳出对存在者(das Seiende)的发问②，而直接围绕存在的

---

① 这里所指的"现代"的德语原文为 die Neuzeit，按照历史的划分一般指中世纪之后，以文艺复兴、发现美洲大陆、宗教改革等事件为开端的那个时期。

② 海德格尔认为，笛卡尔的形而上学的基本立场继承了柏拉图—亚里士多德的传统形而上学，尽管有其新的开端，但还是在探讨一个问题："存在者是什么？(Was ist das Seiende?)"参见 Martin Heidegger："Die Zeit des Weltbildes". In：ders. ：*Holzwege*. Frankfurt am Main：Klostermann 1980，S. 96；《世界图像的时代》一文的附录四。下文中对海德格尔的引用均由笔者以德语原文为依据翻译而来，同时参考了由孙周兴选编、上海三联书店 1996 年出版的《海德格尔选集》中《世界图像的时代》和《技术的追问》两篇文章的中译文。

真理(Wahrheit des Seins)追问技术的本质。

海德格尔在《世界图像的时代》("Die Zeit des Welt-bildes")一文中首先给出了关于现代之本质的一般性描述："人通过自我解放(将自己)从中世纪的束缚中解脱出来。"①他认为这种说法虽然正确却过于表面化。"倘若我们要沉思现代性，我们就是在追问现代的世界图像。"②世界在此是表示存在者整体的名称，不仅指宇宙和自然，还包括历史，甚至世界的根基(Weltgrund)。从本质上看，世界的图像不是指一幅关于世界的图像，而是世界"被把握为图像"③。世界之所以可以被把握为图像，在于人的主体地位的确立。在中世纪，人和整个世界都是上帝的创造物，在这种意义上，所有"存在者之存在"(Seiendes Sein)都意味着它"归属于造物序列的某个特定等级"④。在笛卡尔的哲学思考中，"我思故我在"肯定了"我"的主体地位，"我"思考，"我"的主体就存在。从作为自我的主体出发，对存在者进行把握，解释一切，也就是说，在笛卡尔的形而上学体系中，每个存在者都被带到主体的面前来，成为主体的对象，被主体感

---

① Martin Heidegger："Die Zeit des Weltbildes". In：ders.：*Holzwege*. a. a. O. ，S. 85.
② Ebd. ，S. 86.
③ Ebd. ，S. 87.
④ Ebd. ，S. 88.

知和证实，人作为表象（Vor-stellen/Vorstellen）①这个
动作的发出者，解释一切存在之物，并赋予一切存在之
物以图像。于是存在者被规定为表象的对象性
（Gegenständlichkeit），真理被规定为表象的确定性
（Gewissheit）。

表象（Vor-stellen）意味着："现存之物作为对立之物
被带到主体面前来……存在者摆出自身（sich vor-stellen），
呈现自身（sich präsentieren），而必然成为图像。"②人之
成为主体在于人成了解释一切存在者的基础，这种主客对
立的二元关系使得人成为存在者的中心。存在者之所以存
在是因为它被摆在了人的面前，成为人的对象，被人感
知，作为存在者整体的世界，从根本上被把握为图像，以
对象的方式存在。海德格尔认为："世界成为图像，和人
在存在者范围内成为主体，是同一个进程。"③人在存在者
中的中心位置的确立，是为了获得对存在者整体的支
配，这种主客关系带来的另一个后果是一切事物都必然
地并且合法地成为现代人的体验，存在者唯有被体

---

① 海德格尔用 Vor-Stellen 表示存在者被带到主体面前来的动作，用
Vorstellen 表示这个动作的完成形态。通过 Vorstellen 的行为，主体
将存在之物把握为图像。此处"表象"的译法参考的是孙周兴的译本，
可将其理解为"赋予存在之物形象"。参见［德］马丁·海德格尔：《世
界图像的时代》，见孙周兴选编：《海德格尔选集》，896 页，上海，
上海三联书店，1996。
② Martin Heidegger："Die Zeit des Weltbildes". In：ders.：*Holzwege*.
a. a. O.，S. 89.
③ Ebd.，S. 90.

验(er-lebt)或成为体验(Er-lebnis)，才能被看成是存在的。

对于现代之本质起决定性意义的两大进程，即世界成为图像和人成为主体之间的交叠，同时照亮了初看近乎荒谬的现代历史的基本进程。对世界的征服越广泛、越深入，客体之客观性就越明显，主体的主体性也越发凸显出来，这样，关于世界的观察和学说也就不可阻挡地变成了一种关于人的学说，即人类学。……人类学(Anthropologie)这个名称并不是指某种人的自然科学研究，也不同于基督教神学中人被创造、堕落和被解救的学说。它表示的是那种对人进行的哲学释义，是从人出发并以人为中心来解释和评估存在者整体的学说。①

所以现代的基本进程，就是对作为图像的世界的征服过程。人在图像的制作过程中，为争取自己的主体地位而斗争，力求成为那种给予一切存在者以尺度和准绳的存在者。为了这场斗争，人对一切事物施行计算和计划的无限制的暴力。这种斗争的形式通常由现代科技决定。"现代科技逐步扩大自己领域的过程，由非生命界到生命界，由人类生理到心理和语言，由自然界到历史

---

① Martin Heidegger："Die Zeit des Weltbildes". In：ders.：*Holzwege*. a. a. O.，S. 91.

界，这每一步扩张都实施着对存在者计算的网络，每一步都提供一种世界图像。世界图像越是周密，人类主体的自行确证就越是强劲。"①

海德格尔在《追问技术》("Die Frage nach der Tech-nik")一文中指出，技术不同于技术的本质，如同树的本质不是一棵在平常的树林中可以发现的树。通常关于技术的讨论都远离技术的本质，所以海德格尔探讨技术的出发点就在于超越存在者的层面，直击存在本身。针对技术的解释通常有两种。其一，技术是合乎目的的工具；其二，技术是人的行为。海德格尔认为这两种解释是一体的，因为为了某个目的而创造和采取的手段，就是人的行为。这种工具论和人类学的技术观是正确的，然而正确的东西却不等于真理。因为它们是正确的，如果把它们看成是自明的东西，反而错失了"真理"，即使得正确性得以成为正确性的东西。在工具论的技术概念中，工具获得了独立的发展空间，不受制于目的，工具成了某种现成的东西，只等随时取来为不同的目的服务。在这种看法中，技术具有中立的性质，决定权在于使用技术的人。这种工具的现成性忽视了工具本身的发展和变化；依据人类学的技术观，技术是人的作品，把一切归因于人，而忽略技术本质存在之诉求。事实上，

————————

① 吴国盛：《海德格尔的技术之思》，载《求是学刊》，2004(6)，39 页。

在人与技术的关系中，海德格尔认为是技术规定着技术时代的人按照技术的方式去活动。人越是受制于技术，技术的本质就越是处于被遗忘的状态。

海德格尔以银盘制作的四因素，即质料因、形式因、目的因和动力因为例。银是质料因，盘子的形状和外观是形式因，制成之后的用途是目的因，而银匠是动力因。银匠制造出银盘就是让银盘进入在场，即"带出"（Her-vor-bringen），即把不在场者带入显露中，他将其称为"解蔽"（entbergen），让隐而不显的东西显露出来，"技术于是不仅仅是一种工具，也是一种解蔽的方式"①。现代技术与古代技术虽然都是解蔽的方式，但作为解蔽方式，它们之间也是有区别的。古代技术是一种"带出"，如风车在风中转动，任由风的吹拂，风在风车"带出"般的影响下运作，风车没有把风能固定下来，储存起来，风保持着它的当场发生性。现代技术则不同。在现代技术中，解蔽是一种"逼索"（Herausfordern）："它向自然提出无理的要求，要求自然提供可以被开采和被储藏的能量。"②某块土地被"逼索"进对煤炭和矿产的开采中，成为煤炭区或矿产基地。

现代技术与自然的关系促成了农业社会向工业社会的转变。在农业社会里，农民与土地之间是一种"耕作"

---

① Martin Heidegger: "Die Frage nach der Technik". In: ders.: *Vorträge und Aufsätze*. Frankfurt am Main: Klostermann 2000，S. 13.

② Ebd.，S. 15.

（bestellen）的关系。这里的"耕作"意味着关心和照料。播种时，农民将种子交给自然的生产之力，并守护种子的发育。现代技术介入之后，"耕作"变成了"预置"（bestellen），在向自然提出要求的意义上"预置"，即让自然成为面向他者的可用的东西。耕作农业成了机械化的食品工业。空气向着氮的产出被预置，土地向着矿石被预置，矿石向着铀之类的元素被预置，铀向着原子能被预置，而原子能可以为了毁灭或和平的目的而被释放出来。[①] 从空气到铀，它们都是为了服务于某种目的而被预置的。

　　整个现代工业体系就是一种建立在"逼索"之上的"预置"体系。海德格尔以莱茵河上的水力发电站为例。水力发电站建于莱茵河之上，为制造落差而拦腰截断河流，水流的压差推动涡轮机运转，涡轮机的运转推动发电机的运转，发电机制造电流，电流再流向远距离供电厂及其电网。在这整个电能被预置的体系中，莱茵河也表现为某种被预置的东西。水力发电站之于莱茵河，并不像一座几百年来连接两岸的古老木桥，它现在是电能供应者。这个进入发电厂体系而被"截断"的"莱茵河"，不再是荷尔德林笔下的莱茵河，就算作为风景，也是休假工业所预置的可被某个旅行团预定的参观对象。[②]

---

① 参见 Martin Heidegger：" Die Zeit des Weltbildes". In：ders.：*Holzwege*. a. a. O.，S. 16.

② 参见 ebd.，S. 16f.

　　这种对自然的逼索使得自然中储存的能量被开发出来，成为能量的提供者，被开发的东西被改变，被改变的东西被储藏，被储藏的东西又被分配，被分配的东西再重新被转换。"开发、改变、储藏、分配、转换乃是解蔽之方式。"①被预置的东西不仅持续在场，而且可以为他者所用，具有随时可被使用的性质，这种状况被海德格尔称为"持存"（Bestand），即被逼索和预置的一切东西的存在方式。

　　对自然的逼索意义上的预置，在海德格尔看来并不单纯是人对自然的利用，即并非纯粹的人的行为：

　　　　人固然可以这样或那样地把此物或彼物表象（vorstellen）出来，赋予它形象，并促使它解蔽。然而那种现实表现或从中抽离出来的无蔽状态（Unverborgenheit），却不是人可以支配的。自柏拉图以来在理性之光中现身的真实，并不是由柏拉图得出的。这位思想家只是在展现那个向他说出自己的东西而已。

　　　　唯有当人本身也受到逼索，去开采自然能源，这种预置着的解蔽才能发生。如果人为此而受到逼索，而被预置，那么人不也比自然资源更原始地归

---

① 　Martin Heidegger："Die Zeit des Weltbildes". In：ders.：*Holzwege*. a. a. O. ，S. 17.

属于持存吗？流行的关于人力资源、医院里的病人
资源的说法，就是这个意思。①

由于现代技术的发展，人同样地受到了逼索，像自
然为人类供给能量一样被迫提供自己可资利用的可能
性，根据"有用性"原则被分类、被预置，使自己可用。
海德格尔以护林人为例：

护林人在林中丈量木材，从表面上看起来像是
与祖辈那样以同样的步态行走在林中路上，不管他
是否知道，他如今已经被木材工业预置。他已被预
置到纤维素的可预置性中，纤维素被纸张的需求逼
索，纸张被交给报纸和画刊，而画报和报纸摆置
(stellen)着公众意见，使之去挥霍印刷品，以便能
够为一种被预置的意见安排所预置。②

人比自然更深刻、更原始地卷入了"逼索"和"预置"
的解蔽方式之中，不像其他自然物那样成为纯粹的持存
物。因为一方面人自身被逼索和预置，另一方面人又对
自然物行使逼索和预置的功能。在这个过程中，原有的

---

① Martin Heidegger："Die Zeit des Weltbildes". In：ders.：*Holzwege*.
a. a. O.，S. 18.
② Ebd.，S. 18f.

主客关系受到质疑，因为人自身也成为对象，这种人自身的对象化是人对其他事物不断对象化的极端状态。

在说明现代技术作为"预置着的解蔽"（das bestellende Entbergen）并非纯粹的人的行为之后，海德格尔进一步追问它是如何发生的。他认为："我们必须如其所显示的那样来理解逼索，它摆置着人，让人把现实物当作持存物来预置。那种逼索将人聚集于逼索之中，这种聚集使人专注于将现实物预置为持存物。"①这里所聚集的是对人的摆置（stellen），群山（Berge）的聚集被称为山脉（Gebirg）②，情绪方式的聚集被称为性情（Gemüt），所以海德格尔将摆置的聚集命名为"座架"（Ge-stell）③。座架作为摆置的聚集，这种摆置逼索着人，使人以预置的方式将现实物当作持存物来解蔽。座架在现代技术的本质中处于支配地位，而其本身并不是什么技术因素的解蔽方式。传动杆、支架和用来装配的零部件都是技术

---

① Martin Heidegger："Die Zeit des Weltbildes". In：ders.：*Holzwege*. a. a. O.，S. 20.

② "山脉"一词德语应为 das Gebirge，海德格尔在此处将其写成 Gebirg，原文为："Was die Berge ursprünglich zu Bergzügen entfaltet und sie in ihrem gefalteten Beisammen durchzieht，ist das Versammelnde，das wir Gebirg nennen."参见 Martin Heidegger："Die Frage nach der Technik". In：ders.：*Vorträge und Aufsätze*. a. a. O.，S. 20。

③ Ge-stell 一词被海德格尔用来表示"摆置这个行为的聚集"，可直译为"聚置"，德语单词 Gestell 原意为"支架、底座、框架"。孙周兴在《海德格尔选集》（上海三联书店，1996）中《技术的追问》一文里将其译作"座架"，这种译法在汉语学界的海德格尔研究领域中被广泛采用，所以笔者在此也使用"座架"这一译法。

因素，但装配工作只是对座架的逼索的响应。座架使人参与到对物的预置中，如使零部件向着机器预置，座架促成了装配，促成了一切技术工作，座架是现代技术的本质。

关于座架的来源，海德格尔将其解释为历史的命运。现代技术的本质将人带上了解蔽的道路，通过这种解蔽，现实物成为持存物。"将……带上道路"在德语中叫作"遣送"（schicken）。这种聚集着的遣送，被海德格尔称为"命运"（Geschick）。于是"座架就像任何一种解蔽方式一样，是命运的一种遣送"①。

座架是摆置的聚集，聚集本身就说明技术的无处不在。在海德格尔看来，技术时代的一切都被卷入了现代技术的旋涡，人在逼索自然的同时，自身也被预置而成为技术的持存物，成为可用的东西。与逼索相关的"有用性"（Dienlichkeit）成为衡量事物的标准。他在《艺术作品的本源》（*Der Ursprung des Kunstwerkes*）中指出：

> 有用性是一种基本特征，由于这种基本特征，这个存在者便凝视我们，亦即闪现于我们面前，并因而现身在场，从而成为这种存在者。不光是赋形活动，而且随着赋形活动而先行给定的质料选择，

---

① Martin Heidegger: "Die Frage nach der Technik". In: ders.: *Holzwege*. a. a. O. , S. 25.

因而还有质料与形式的结构的统治地位，都建基于
这种有用性之中。服从有用性的存在者，总是制作
过程的产品。这种产品被制作为用于什么的器具
（Zeug）。①

以人力资源为例，人在现代技术的统治之下也是按
照有用性被"培训"、被"计算"的，成为随时可被派上用
场的持存物。主体与客体之间的二元对立作为人的控制
的开端，反过来导致了人的主体地位的丧失。人不断地
向自然逼索，从逼索自然发展到逼索人，人在座架的支
配下走上了一条危险的道路："一味去追逐和推动那种
在预置中被解蔽的东西，并且为一切制定标准。"②在海
德格尔看来，人之卷入现代技术旋涡的历史命运并非自
己的意志使然，也并非自己的意志所能抗拒，他将技术
的座架本质与现代人无家可归的状态联系了起来。1966
年，他在与联邦德国《明镜》杂志记者的对话中谈到了现
代技术，说人类根本不需要原子弹，因为他认为人立足
的根基受到了致命的威胁："技术越来越把人从地球上
剥离开来并且已经连根拔起。"③

---

① ［德］马丁·海德格尔：《艺术作品的本源》，见孙周兴选编：《海德格
尔选集》，249 页。
② Martin Heidegger：" Die Frage nach der Technik ". In：ders.：
Holzwege. a. a. O. ，S. 26f.
③ 孙周兴选编：《海德格尔选集》，1305 页。

　　人类面临的威胁首先不是来自可能会致人丧命的机器和技术设备，真正的威胁是座架的统治地位。但海德格尔并不是悲观主义者，他持有一种积极的批判态度，认为人应该通过思（Denken）来寻求解救之道，追问乃是思之虔诚形式。他曾引用荷尔德林的诗句："哪里有危险，哪里就有拯救。"这就是说，技术的本质之中就蕴含着拯救的力量，而人们越是走近危险，救赎的道路便越是明亮，我们也就越是具有追问之势："由于技术的本质并非任何技术的东西，故而对技术的根本性沉思和对技术的决定性的解析必须在这样一个领域里进行，此领域一方面与技术的本质有亲缘关系，另一方面又与之有根本的不同。这样一个领域就是艺术。"①所以，他视拯救的力量于艺术与诗意之中，并再次引用荷尔德林的诗句："……人诗意地栖居在这片大地上。"②可以说，海德格尔思索的是一条技术统治之下的审美主义解救之路。审美救赎的传统在德国哲学史上还可以追溯到席勒的《审美教育书简》。在该书中，席勒主张通过游戏性的审美来应对机械、麻木的生活，从而实现人性的完善。

---

① Martin Heidegger："Die Frage nach der Technik". In：ders.：*Holzwege*. a. a. O.，S. 36.
② Ebd.，S. 36.

三、德语诗歌中的火车与铁路

相对于放置在工厂中不为普通人所接触的劳动机器，火车作为一种运输工具，在更广的范围内让普通人亲身感受到工业化的影响。蒸汽机的发明使得火车和铁路技术在 19 世纪的欧洲产生了重要的影响。19 世纪 30 年代，火车和铁路在德国开始进入人们的视野①，铁路给工业化最重要的自动机器蒸汽机装上了车轮，使得蒸汽机成为能自行移动的机器，蒸汽机车替代了马车。虽然在从马车到火车的发展过程中，早期的火车车厢在外形上还是与马车类似的，火车驾驶员也还是坐在马车夫的高座上，但是这种从动物到机器作为动力源的转变让人们看到超越生物自然力量界限的可能。这种新的动力不是来自上帝或某种魔力，而是可用自然科学原理解释的发动机。火车的发明与运行在技术层面上排除了上帝的参与，这种技术模型取代了原本以上帝为出发点的解释模式。

德国学者沃尔夫冈·施维尔布什（Wolfgang Schivel-busch）将"铁路旅行的历史"描述为"19 世纪时间和空间

---

① 德国最早的铁路是 1835 年纽伦堡至富特（Nürnberg-Fürth）和 1837 年德累斯顿至莱比锡（Dresden-Leibzig）段的铁路。参见 Harro Segeberg：*Literatur im technischen Zeitalter：Von der Frühzeit der deutschen Aufklärung bis zum Beginn des ersten Weltkrieges.* a. a. O. ，S. 126.

的工业化"①，从准确计时的机械钟表的发明，到社会生活中理性交往模式的形成，再到手工作坊和工厂中的劳动分工，铁路让抽象的时间最终成为普遍的人类经验。如果说机械钟表开启了时间的量化，铁路则完成了空间的量化，两地之间的距离可以用抽象的准确的时间来表述。施维尔布什将以这种定量时间取代社会文化时间的过程称为"感知的失真"②。铁路创造了一种新的时空关系。

从 19 世纪中期到 20 世纪上半叶，铁路和火车一直是德语文学中一个重要的主题，对火车的赞扬和批判的声音也并存于各个时期。这种新的出行方式最初给人们带来的体验是震惊。大卫·弗里德里希·施特劳斯(David Friedrich Strauß)记录了他 1841 年第一次在海德堡火车站乘坐蒸汽列车时的感受和想法："去往曼海姆的 5 小时路程缩减为半小时，坐在这个现代的奇迹之作中飞速移动时犹如身处梦境。"③虽然他承认技术革命的不可避免，但让他感到不安的是，"这个巨大的旅行机器所造成的抽象性，个体处于被动状态被一个普遍的力量带走，这和我们涉足科学遵循的是一个原则，然而以(火车)这种方式实现却让我们反感"④。

---

① Wolfgang Schivelbusch: *Geschichte der Eisenbahnreise*. München: Hanser 1977，S. 111f.

② Ebd.，S. 38.

③ David Friedrich Strauß: *Ausgewählte Briefe*. Hg. von Eduard Zeller. Bonn: Strauß 1895，S. 103.

④ Ebd.，S. 103.

诗人海因里希·海涅（Heinrich Heine）在 1843 年法国第二条铁路线开通时将火车的发明称为与印刷术的发明和美洲大陆的发现同样重要的事件。[①] 他描述了民众对这一事件的反应：

> 时代在冒着浓烟的蒸汽车上飞速前进……整个巴黎的民众在此时形成了一个链条，一个接一个地奔走相告。当大多数人都被这一事件惊讶得目瞪口呆时，哲学家却像往常面对闻所未闻、看不透结局的轰动事件一样感受到深深的恐惧。我们感受到的是，我们的整个存在都被带上了一条新的轨道。……世界历史开启了新的篇章，我们应该庆幸自己见证了这一过程。在我们的观念和想法中已经有了怎样的变化！连时间和空间这样的基本概念都变得摇摆不定了。铁路让空间消逝了，留给我们的只剩下了时间。[②]

海涅对待由火车带来的全新时代的态度并不是一以贯之的，他一方面思考着铁路带来的新的时间体验，另一方面也在感叹铁路和技术破坏了诗歌和浪漫。他在巴

---

① 参见 Heinrich Heine: *Sämtliche Schriften*. Hg. von Klaus Briegleb. Band 5. München: Hanser 1974，S. 448.

② Ebd.，S. 448f.

黎生活时的日记中有一段时间称火车导致了诗意的衰
落①，火车的出现代表着德意志精神世界全盛时期的终
结："德意志精神世界，即哲学和诗歌的全盛时期已经
过去，田园诗般的安宁结束了……铁路上的蒸汽机车让
我们的心灵颤抖，再也不会有诗歌，煤炭燃烧的浓烟惊
走了唱歌的鸟儿，煤气灯的臭气熏坏了朦胧的月夜。"②

　　火车让旅行者的身体与旅途中的外界环境相隔绝，
人随火车穿梭于两地之间，而不能亲身完成这段行程。
与自然亲近的愿望成为对新技术持保守态度的诗人抵制
火车的原因。晚年的艾兴多夫在《自传体创作》(*Auto-*
biographische Dichtungen)中讲述了一个旅行者乘火车
旅行的故事。途中他经过了一个废弃的古堡，车上同行
的人断定那是一个逃避工业进步的浪漫主义者的居所，
所以他决定改变行程前去探访这座废弃的古堡。火车站
附近人来人往，是一片繁忙的景象，人们可以准确地咨
询到去往巴黎等城市的列车时刻，至于他所询问的原始
丛林，却无人知晓，因此旅行者决定步行前往，再次成
为寻找"蓝花"的漫游者。火车排放的烟雾在他身后渐渐
消散，在途中他终于又听到了鸟儿的叫声，而不是火车
的轰隆声，这让他回想起多年以前他在学生时代第一次

---

① 参见 Heinrich Heine：*Sämtliche Schriften*. Hg. von Klaus Briegleb.
　　Band 6/1. München：Hanser 1975，S. 662.
② Ebd.，S. 649.

离开家去游历世界的经历。①

　　比得迈耶尔时期的奥地利作家尼可拉斯·勒瑙（Nicolaus Lenau）在 1838 年维也纳普拉特（Wiener Prater）至瓦克拉姆（Wagram）段的铁路开通时写下了一首题为《咏春 1838》（*An den Frühling 1838*）的诗歌。与以往描述自然的诗歌相比，这首诗不再按照人与自然和谐统一、人在大自然里找到安宁的传统来单纯地赞美自然，所以诗题也不再是简单的《咏春》，而是《咏春 1838》：

　　　　　　　亲爱的春天，请告诉我，
　　　　　　　你这位预言者，
　　　　　　　是否这条道路，
　　　　　　　能通往幸福安宁？

　　　　　　　穿过这片绿色的树林，
　　　　　　　铁路迅猛地
　　　　　　　延伸过来，
　　　　　　　成为不速之客。

---

① 参见 Joseph von Eichendorff：*Autobiographische Dichtungen*. *Joseph von Eichendorff Werke in 6 Bänden*. Band 5. Frankfurt am Main：Deutscher Klassiker Verlag 1993，S. 381f.

铁路沿途，

树木东歪西倒，

你那强大的身躯，

也无法阻挡它的侵略。

············

急速且笔直地，

火车顷刻间

将繁茂和虔诚置于车轮之下，

嗖的一声穿过树林而去。

············①

　　诗歌开头将春天拟人化的手法带有浪漫主义民歌的色彩，与自然的对话中呈现出人与自然之间原本内在的和谐，然而，接下来的诗句话锋一转描述了自然面临着的铁路带来的威胁：为了修建铁路而砍伐树林，铁路线对树林进行了划分，自然生长的树木为铁路线让道。不同于歌德在《漫游者的夜歌》第二首（*Wanderers Nacht-lied* Ⅱ）中那个能让人恢复内心安宁的自然，勒瑙已经注意到技术介入自然的事实，诗人针对铁路开辟的这条道路究竟是否为通往"幸福"之路提出了疑问。

---

① 参见 Johannes Mahr: *Eisenbahnen in der deutschen Dichtung.* a. a. O.，S. 60. 此处以及下文中引用的德语诗歌均由笔者翻译。

　　另一个反对火车的声音来自德国作家犹斯提努斯·克尔纳(Justinus Kerner)。他于 1852 年出版的诗集《最后的花束》(*Der letzte Blüthenstrauß*)中一首名为《火车站内》(*Im Eisenbahnhofe*)的诗歌里表达了对铁路的恐惧：

> 那狂野的、刺耳的哨声，
> 它如动物般喘着粗气，
> 这铁制的火车，
> 咆哮着，如同雷雨。
>
> 在它的腹部燃烧着火焰，
> 黑色的浓烟直上云霄；
> 这庞然大物描绘出一幅画卷，
> 上面书写着预言。
>
> 何等地混乱，
> 直到车厢满载！
> 一声"完毕！"，冲向天地之间
> 进入恶魔的梦中。
>
> 你这冒着蒸汽的动物！自从你诞生，
> 旅行的诗意全都烟消云散；
> 再也不会有拖着购物袋的骏马
> 载着商人去集市。

不久街上将不会有手艺人，
他们愉快地在风雨中漫步，
疲倦地躺在草地上
梦见故乡的孩童。

邮政列车不会带来令人愉悦的清脆声音
不久在城市中将有更多它的身影，
邮政号角会在月光下
吵醒熟睡的市民。

不久街上也不会再有亲密的爱人
人们愿舒服地乘坐火车，
男子下车从草地里
为爱人摘得鲜花一朵。

不久也不会再有徒步者向高处攀登，
为了一览上帝创造的世界，更多地只是短暂停留，
再以闪电般的速度
与大自然擦肩而过。

我为之叹息：人类啊，用你的技艺
如何让天与地变得如此让人不寒而栗！
如果是我，可不愿生活在这烟雾之中，
我愿生长在原始的丛林里！

在一个没有斧子的地方，

在平静的海底，

不再听闻

你制造的那些奇迹。

前行吧，人类啊！向顶峰迈进，

从蒸汽船到飞艇！

与雄鹰同行，与闪电同行！

永不停歇，直至墓穴。①

　　用雷雨来比喻技术带来的震撼早在歌德的小说《威廉·迈斯特的漫游时代》（*Wilhelm Meisters Wander-jahre*）中就出现过："不断增多的机器折磨和恐吓着我，它如同雷雨一般翻滚，慢慢地，慢慢地。"②将机器比作自然现象，也预示着像对待自然现象一样无法反抗它的出现。在克尔纳的诗中，火车瓦解了天与地之间原有的秩序，蒸汽机车被比喻为不祥的动物，预示着末日的来临，上帝创造的自然和人创造的第二自然被置于相互对立的两极。诗中提到火车导致旅行的诗意被削弱，这在

---

① Johannes Mahr：*Eisenbahnen in der deutschen Dichtung*. a. a. O. , S. 68f.

② Johann Wolfgang von Goethe：*Werke*. Hamburger Ausgabe in 14 Bänden. Hg. von Erich Trunz. Band 8. München：Deutscher Taschenbuch Verlag 1977，S. 429.

当时的文学作品中并不是个别现象，艾兴多夫的《自传体创作》中描写的那位中断火车旅行去探访古堡的旅行者同样表达了对于徒步旅行的自由的向往。然而将火车与马车相比，研究火车历史的史学家则称，火车时代之前的旅行其实根本谈不上诗意——根据当时的文字记录，乘马车旅行面临着道路状况不佳的风险（如碎石路和泥浆满途），并且马车夫常常会醉酒等。[①] 不同于勒瑙的诗歌中对自然的关切，克尔纳的诗中主要描述的是个体的心境，第一人称"我"的唯一的愿望是远离以蒸汽机为代表的技术进步，躲进原始丛林或海底，回归自己的内心。

在 19 世纪中叶，同样也存在着支持技术进步的声音，特别是年青一代人将铁路的出现视为新时代来临的象征。德国女作家露易泽·奥托（Luise Otto）在诗集《一位德国女孩之歌（1847）》（*Lieder eines deutschen Mädchens. 1847*）中是这样称赞火车的：

> 火车带来了一种新的精神，
>
> 它不知疲倦地在铁道上疾驰！
>
> 轰轰的响声伴随着它充满活力的运动。
>
> 扩音器中回响着：注意！注意！
>
> 我们铺设的每一条铁轨，

---

① 参见 Erich Staisch：*Zug um Zug. Ein Rückblick auf das Jahrhundert der Eisenbahnen.* Augsburg：Rösler & Zimmer 1977，S. 9-16.

都会通往新的生活。①

1848 年三月革命前(Vormärz)的德国青年作家们以追求社会的自由和民主为目标，露易泽·奥托借用火车这种当时的新的技术力量表达出人们对新生活的向往，代表了青年一代对于社会进步的诉求。

1870 年至 1914 年被认为是欧洲铁路史上的"黄金时代"②。德国正经历着从农业社会到工业社会的转型时期，从 1871 年德意志帝国建立之初，铁路工业发展就达到了它的顶峰："仅仅在 1871—1873 年就成立了 25 家新的铁路公司。铁路覆盖网随之扩大，从 1870 年至 1875 年，铁路线长从 18600 千米增加到 27800 千米。"③举国上下都在等待着铁路修建完毕的时刻，期待从农村到城市车程的大大缩短。④

1871 年 出 版 的《德意志铁路史》(*Geschichte des Deutschen Eisenbahnwesens*)将铁路称为人类的巨大成就

---

① Manfred Riedel："Vom Biedermeier zum Maschinenzeitalter. Zur Kulturgeschichte der ersten Eisenbahnen in Deutschland". In：Harro Segeberg (Hg.)：*Technik in der Literatur. Ein Forschungsüberblick und zwölf Aufsätze.* Frankfurt am Main：Suhrkamp 1987，S. 115.

② Johannes Mahr：*Eisenbahnen in der deutschen Dichtung.* a. a. O.，S. 120.

③ Klaus Höher：*Betrachtungen zum Wachstum großer technischer Kommunikationsnetze.* Diss. München 1969，S. 45.

④ 参见 Johannes Mahr：*Eisenbahnen in der deutschen Dichtung.* a. a. O.，S. 120.

之一，认为铁路是和平之作，到处赐福，创造了富裕的生活，拉近了人们之间的距离。[①] 书中肯定了铁路在 19 世纪文化史上的地位："如果有人说铁路使人们的生活、思想和服饰都产生了变化，也不会过分。"[②]建立在铁路基础上的交通网实现了各经济区域间的连接，原材料、加工地、农田和码头间的紧密关联是促成德国工业化发展的重要因素。从外部来看，火车站也成为一个城市的新的中心。最初那些抗拒"新技术"的人，随着火车的普及化也开始选择火车作为主要的出行方式。

在那个时代，人们开始依靠技术在物质领域广泛地侵占世界，利用精确的科学分析和更好的机器将征服自然作为目的，于是在自我和世界的关系中存在着极大的不确定性，导致了"感知的无力和个体的退却"[③]。这一时期，人们开始关注火车与人的关系，如乘坐火车的人在火车车厢的空间中的状态。在这个密闭的公共空间中，人们虽然挨着坐在一起，但个体仍然是孤立的，且相互之间没有交流。经历了晚期自然主义到表现主义文学发展的德国作家理查德·德梅尔（Richard Dehmel）在诗歌《四等座》(*Vierte Klasse*)中描述了社会下层民众在

---

① 参见 W. F. Carl Schmeidler: *Geschichte des Deutschen Eisenbahnwesens*. Leipzig: Grunow 1871, S. 1-4.

② Ebd., S. 221.

③ Johannes Mahr: *Eisenbahnen in der deutschen Dichtung*. a. a. O., S. 127.

车厢内的状态：

> 身旁的幼童在哭啼；
> 我从睡梦中醒来，惊慌失措。
> 那哭声听起来让人如此心碎；
> 这娇弱瘦小的孩子。
>
> 车厢内灯光昏暗，
> 煤气灯映射出惨淡的阴影；
> 在红色格纹的婴儿床里
> 一张苍白的小脸。
>
> 置身于各式箱子之间，
> 被编织袋和包裹环绕，
> 母亲抱着孩子入睡
> 轻声哼着摇篮曲。
> ⋯⋯⋯⋯①

　　施麦特勒（W. F. Carl Schmeidler）在1871版的《德意志铁路史》中曾提到："联邦总理在去年就向参议院提议，计划在所有的列车上安排四等座车厢。这表明了四等座车厢对国民经济的重要性，此举可以让火车真正地

---

① Johannes Mahr：*Eisenbahnen in der deutschen Dichtung*. a. a. O.，S. 182.

向工人们敞开大门，这样火车就能赢得一批新的顾客。"①铁路的盈利，并不是靠乘坐高级车厢的乘客，而是大量选择低价车票出行的人群。诗中提到，在四等座车厢中人们挤在行李之间，根本谈不上舒适。

　　技术和自然之间的冲突在 19 世纪末也变得越发不可调和。在德梅尔于 1895 年创作的诗歌《威胁的景象》（*Drohende Aussicht*）中，坐在快速列车里，人所看到的自然景象已经由于火车提供的场地而改变了：

　　　　天空旋转着，大地摇晃着，

　　　　快车来来回回

　　　　疾驰在农田之间，

　　　　一个颤动将你唤醒：

　　　　朝阳从天边升起。

　　　　············②

　　朝阳缓缓升起，火车越来越靠近工业城市："工厂的第一缕烟雾笼罩在城市上空。"③从笼罩在田地上的晨雾，到城市周边山坡上的烟囱，从快车上望出去，天旋地转，技术的发展导致人们对于自然的感受已经变样。

① W. F. Carl Schmeidler：*Geschichte des Deutschen Eisenbahnwesens*. a. a. O.，S. 209.
② Johannes Mahr：*Eisenbahnen in der deutschen Dichtung*. a. a. O.，S. 190.
③ Ebd.，S. 190.

不同于初到大城市的自然主义作家，表现主义时期的作家们大都成长于大城市，铁路和公路已经是他们现代生活中自然而然的组成部分。在这一时期占主导地位的观点认为"没有人可以逃离技术的世界了"①。在工人与机器的关系中，就算捣毁机器也无法带来真正的自由。在恩斯特·托勒(Ernst Toller)的剧作《机器捣毁者》(*Die Maschinenstürmer*)中，主人公在劝导工人们须停止盲目的捣毁机器而联合起来时说道："我知道，机器是我们无法逃脱的命运。"②以机器为支撑的技术世界已经成为人类创造的第二自然。工业城市也成为诗人和作家首要的体验空间，不管他们在作品中对其持赞扬还是批判的态度。在格奥尔格·凯泽(Georg Kaiser)的剧作《从清晨到午夜》(*Von Morgens bis Mitternachts*)中，主人公在现代社会通过漫游来找回自我的尝试最终是以自我毁灭来实现的。

　　表现主义作家在创作中不再只是对技术世界及其细节进行简单的临摹，同样也很少再孤立地处理火车主题，火车已经成为被技术改变了的世界中重要的一部

---

① Johannes Mahr: "'Tausend Eisenbahnen hasten...Um Mich. Ich nur bin die Mitte!' Eisenbahngedichte aus der Zeit des deutschen Kaiserreichs". In: Harro Segeberg (Hg.): *Technik in der Literatur. Ein Forschungsüberblick und zwölf Aufsätze*. Frankfurt am Main: Suhrkamp 1987, S. 156.

② Ernst Toller: *Prosa, Briefe, Dramen, Gedichte*. Hamburg: Rowohlt 1961, S. 345.

分。保尔·波尔特（Paul Boldt）的诗歌《快速列车》（*Der Schnellzug*）中展现了火车与自然间新的关系：

> 它飞速地穿梭于林间，
> 黄色的双眼在黑夜中打探。
> 车轮撞击着道岔
> 巨大的声响将一切驱赶。
>
> 在黑暗的林中前行
> 于转弯处清醒。车顶摇晃。
> 飞速的火车如暴风雪般驶向角落
> 沉重的车厢左右晃动。
>
> 雾气笼罩在城市上方
> 为秋日染上一抹绿色。
> 沿着铁轨继续前行。
>
> 司机感受到车轮的巨响
> 仿佛那彗星的坠落，
> 在铁轨上嘶嘶作响。①

---

① Johannes Mahr：" 'Tausend Eisenbahnen hasten... Um Mich. Ich nur bin die Mitte!' Eisenbahngedichte aus der Zeit des deutschen Kaiserreichs". In：Harro Segeberg (Hg.)：*Technik in der Literatur. Ein Forschungsüberblick und zwölf Aufsätze*. a. a. O. , S. 157.

　　火车像是一个野蛮的入侵者在树林中肆意横行，被火车撕裂的黑夜是朦朦胧胧的。诗人将火车运行时的巨大声响与彗星的坠落做比较，而后者通常被认为是不祥的预兆。以火车为代表的技术进步已不再单纯地出现在大自然里，或影响自然，或简单地与自然相对立，技术已经渗透到自然之中，按照对文明进步持批判态度的表现主义作家们的观点来看，"作为工业城市补偿的空间已经不存在了"①。

　　格奥尔格·海姆(Georg Heym)于 1911 年出版的诗歌集《永恒的一天》(*Der ewige Tag*)中收录了一首名为《火车》(*Die Züge*)的诗：

> 蔷薇色的烟云，宛如春日，
>
> 火车在黑色的肺中穿行，
>
> 沿河而下，流水潺潺
>
> 浮冰撞击着河岸发出阵阵回响。
>
> …………②

　　火车烟囱里排出的烟雾和流水共同构成了新的"自

---

① Johannes Mahr：*Eisenbahnen in der deutschen Dichtung*. a. a. O.，S. 218.

② Johannes Mahr："'Tausend Eisenbahnen hasten... Um Mich. Ich nur bin die Mitte!' Eisenbahngedichte aus der Zeit des deutschen Kaiserreichs". In：Harro Segeberg（Hg.）：*Technik in der Literatur. Ein Forschungsüberblick und zwölf Aufsätze*. a. a. O.，S. 159.

然"，原本意义上的自然已经不复存在，火车作为让自然发生变化的原因之一，最后也成为变异后的自然的一部分。火车改变的不仅有自然，随之发生改变的还有乘坐火车的人。保尔·泽希（Paul Zech）在诗歌《离家》（*Heimatflucht*）中描述了人们离乡背井从农村乘坐火车去往大城市的场景。火车将他们载往会造成人的异化的工作场所，而非载往自由，人的这种旅行在某种程度上来说是"被迫的"，没有快乐可言：

我们被迫离开花园和稻田。

母亲送我们到站台。

我们踏上火车

看着家乡渐渐远去：

田地、粮仓、屋顶和教堂的尖塔。

树林都受到烟雾的侵袭。

天空风云变幻，

黑夜降临。

被长久倚靠的窗户，

也变得空空荡荡。

在车厢的各个角落，

蜷坐着分散的人儿

呆滞地望着黑色的过道

眼泪簌簌地落下。①

　　熟悉的事物渐渐远去，消失在人的视野中，火车中观看者的视线由窗外转回车内，望着过道不禁潸然泪下。泽希在另一首诗《火车之行》（*Bahnfahrt*）中，同样表达了人们远离家乡的感伤：

即将离开那草地，
再一次从田里摘得一束鲜花——
小小村庄，农舍，一个个
并排在一起
…………
我们紧贴在窗边，
嘴唇紧闭不言不语，
如同结痂的伤疤。
…………②

　　在火车的公共空间中，陌生的人们聚集到一起，在旅途中或短暂地交流，或相对无言，如诗中的"我们"，对面是谁不重要。个体面对改变了的世界也显得无能为力。

① Johannes Mahr：*Eisenbahnen in der deutschen Dichtung*. a. a. O.，S. 223.
② Ebd.，S. 224.

四、豪普特曼中篇小说《道口工提尔》

这一时期在大量与火车有关的诗歌之外，获得诺贝尔文学奖的德国作家盖尔哈特·豪普特曼（Gerhart Hauptmann）还在其于 1887 年创作的中篇小说《道口工提尔》（*Bahnwärter Thiel*）中特别关注了铁路系统衍生的工种道口看守员的工作状态，并在小说中讲述了一个被卷入铁路所代表的现代技术旋涡之中的个体的命运问题。铁路不仅在结构上贯穿小说的始终，也是主人公提尔分裂的生活状态的象征，并在最后无情地摧毁了提尔和他的家庭。小说的标题由主人公的职业和姓氏构成，而更加私人的主人公的名字在整部小说中一次都没有出现过。职业代表的是主人公提尔的社会功能，不同于自然主义作家普遍关注的流水线上的普通工人，作为道口工他甚至是一个小公职人员，每天悉心且自豪地打理他的制服。然而由道口工与铁路之间的关系导致的异化现象却更具危险性地在他身上反映了出来。

小说主人公提尔居住在斯普雷河边一个叫作雪恩—雪昂斯泰恩（Schön-Schornstein）的小村庄里，这不是一个自然形成的村落，而是一个"聚居地"（Kolonie），是由于工业的发展而在大城市旁边形成的工人的居住区，在满足服务于工业发展目的外的，与工作无关的其余一切都被忽略了。比如，提尔每个礼拜日只能到附近的另一个村庄新齐淘(Neu-Zittau)做礼拜，新齐淘虽是由于城市化进程而形成的村落，但至少还有像教堂这样的机构。

小说一开始就描述了铁路是如何对提尔的生活产生影响的。每个周日提尔都会去新齐淘的教堂做礼拜。十年中除了工作需要他只有两次因为生病缺席礼拜，而这两次生病也都是因为工伤，一次他被火车的煤水车上掉下的煤块砸中了，另一次他被从快速列车上扔下的酒瓶砸中了。除此之外，只要不上班，他就不会缺席教堂的礼拜，与前妻米娜结婚、前妻去世以及与第二任妻子雷娜再婚，都没有影响他的这个宗教习惯。

"每个周日""像往常一样""一直以来"，小说中多次出现的这种词语强调了提尔生活的机械性和道口看守工作的单调性与规则化：

> 道口工的小屋从各个方向距离有人居住的区域都至少有 15 分钟路程，小屋位于树林中央的铁道旁，道口工就负责看守铁道的栅栏。
>
> 除了道口工和他的同事，在夏季里的数日、冬季里的数周时间内这一带都无人迹。道口工和四季的更替恐怕是这一片荒凉中唯一的变化。除了那两次意外，(这十年中)打破他规律工作的事件寥寥可数。四年前，皇帝的专列驶经这里，去往布雷斯劳。一个冬天的夜晚，一辆快车轧死了一头牡狍。在一个炎热的夏日，提尔在铁道巡查时捡到一瓶软

木塞塞住了的红酒······①

　　火车在一开始就显示出其危险性和暴力性，那只牡狍就是这个技术时代的庞然大物脚下的牺牲品。在提尔眼中，火车代表着恶魔（Dämon），尤其是在寂静的黑夜中，面对宁静的大自然，火车肆无忌惮，代表着霸权性："两束红色的圆柱形的光柱如同巨兽突出的眼睛一般穿透黑暗。鲜红的光照射着雨滴，就好像一场血雨从天而降。"（S. 29f.）火车对于身为道口工的提尔来说并非只是服务于人类的，铁路系统这个庞然大物牢牢控制并影响着他生活的所有层面。就像工人依赖机器、火车离不开轨道一样，提尔对身边人的依赖也是机械式的。提尔的工作是为火车运营提供服务，在生活中他也如火车离不开两条"轨道"一般无法摆脱对前妻米娜的精神依恋以及对现任妻子雷娜肉体上的依赖。

　　米娜虽然脸庞精致，但外形柔弱，面颊凹陷，在旁人的议论中她被认为与健壮的提尔不相配。米娜第一次在小说中出现时是在教堂陪伴提尔做礼拜，对于她婚前的生活和工作小说只字未提。米娜去世后，怀念米娜成为提尔的精神寄托。提尔的现任妻子雷娜的形象与米娜

---

① Gerhart Hauptmann：*Bahnwärter Thiel. Novellistische Studie.* Hg. von Peter Bekes und Volker Federking. Braunschweig：Schroedel 2007，S. 14. 本章中再次引用该书文本时只在其后标注引文出处的页码。

截然不同，她身形强壮，性格强势，争强好胜，很快就掌握了家中的主导地位。村里的邻居认为像雷娜这样的"人"(S. 11)①能找到像提尔这样的"绵羊"(S. 11)是她的幸运，像雷娜这样的"动物"(S. 11)需要被驯服。在后文中，雷娜被形容为凭借着强壮的身体"以机器般的速度和毅力"(S. 33)干农活。

　　因为经常上夜班，提尔缺乏与人正常沟通交流的机会，而他的工作性质使得他有大量的时间独处和空想，他表现出的沉闷和默不作声是他外在和内心孤独的表现。所以他用一种宗教信仰般的仪式来填补自己内心的空虚。提尔在他的工作时间里沉溺于对已逝前妻的怀念之中无法自拔，在家中则听任雷娜的强权而不敢反抗。与时间上的分隔并行的是空间上的分隔，道口工小屋为提尔创造了一个远离现实世界的心灵避难所，每当夜幕降临时，小屋就成了他的祈祷室。他将米娜的照片摆在桌子上，旁边放着赞美诗集和圣经。在漫漫长夜里，他边读圣经边唱赞美诗，只有在火车开过时才中断一下。他完全沉浸在这样的迷醉之中，仿佛看到米娜又活生生地出现在他的面前。提尔将其塑造成了一个神圣的膜拜对象，以满足他宗教的和精神的需求，同时也能抗衡他由于对雷娜肉体过分依赖而产生的负罪感。道口工小屋的所在比较偏远，也促进了他的这种神秘倾向的形成。

---

①　原文此处是 das Mensch。Mensch 的定冠词本该是 der，将 der 换成 das 是贬义用法，一般被用来贬低女性。

对于提尔来说，他工作的场所是前妻米娜的领地，与他的家隔着一条斯普雷河以及一段林中路。在他的意识中，现任妻子雷娜是不能踏入他工作的区域的。

列车时刻表、信号钟和几个机械的动作几乎就是提尔工作的全部内容，而对于工作的意义他却仿佛从来就没考虑过，只是要完成任务，他用对前妻的思念来填补工作中的空虚。马克思认为流水线上的工人在工作时"不是自己"（außer sich），他们只有在回到家时才能"做回自己"（bei sich）。① 提尔不仅在工作中"不是自己"，在家里也不能"做回自己"。他只有在逃离无法抵抗的现实而沉浸于幻想之中时才是他自己。

提尔维护着生活中这两条平行的轨道，即使他已经发现前妻留下的孩子托比亚斯遭到了现任妻子雷娜的虐待，他也不敢反抗。但在看到孩子身上的伤痕，并亲眼见到雷娜打骂托比亚斯的场景时，他心里感到了更深的愧疚和自责，以至于他在看守道口时因为陷入内心的思绪而差点耽误工作：

> 窗户玻璃发出哐啷声，大地都在摇晃。提尔点亮了灯。他回过神来之后首先看了一眼钟。距离快

---

① 参见 Karl Marx: *Ökonomisch-philosophische Manuskripte*. Leipzig: Reclam 1968, S. 155. 原文为"Der Arbeiter fühlt sich daher erst außer der Arbeit bei sich und in der Arbeit außer sich. Zu Hause ist er, wenn er nicht arbeitet, und wenn er arbeitet, ist er nicht zu Hause"。

速列车的到达还有不到五分钟的时间。他想自己一
定是漏听了信号声，于是他大步流星地冲向栅栏。
在他忙活着的时候，信号钟响了。风撕裂了钟声，
将它吹向了四面八方。（S. 28）

　　提尔站在风雨中等待火车的到来，雨水混合着他的
眼泪滑下他的脸庞。模糊的回忆和幻觉交织在一起。
"他仿佛看到托比亚斯在被人虐待，而且是以一种非常
可怕的方式，他现在回想起来心脏都会停止跳动。另一
个画面则更加清晰。他看到他死去的妻子沿着一根铁轨
从远方走来，她看起来很虚弱，衣着破烂。她从提尔身
边走过，却没有回头张望。"（S. 29）提尔从幻觉中清醒过
来时，被他称作"庞然大物"（S. 29）的火车正从远方驶
近。提尔深深地感受到了恐惧。并且火车越是靠近，恐
惧感就越是强烈。他已经分不清梦境和现实。"他看到
一个女人在铁轨上行走，于是他下意识地将手伸进口袋
寻找信号旗，试图让火车停下，还好时间已经来不及，
火车已从他身边飞速地驶过。"（S. 30）就这样，提尔经常
在夜班时由于陷入回忆之中而分不清幻想和现实。

　　如同两条铁轨在视线的尽头交汇成一个"深色的点"
（S. 25），提尔生活中这两条看似平行的线也灾难般地彼
此汇合，而他自己根本无力阻止。提尔在道口工小屋附
近的铁路路堤旁分得了一小块土地，在想到雷娜会因为
要来耕地而经常出现在他工作的地方时，他感到了不

安，因为他担心自己已经习惯的对于时间和空间的分隔将由此变得模糊，所以他从一开始对得到这块耕地的喜悦转变成厌恶。"他自己也不知道为什么，只是一想到雷娜会整天地在他工作时出现，他就无法安抚自己的内心，并从心底里感到难受。"(S. 26)

雷娜提议全家人一起去垦地种土豆，"如果想种出土豆的话，现在还赶得上"(S. 32)。她对铁路旁耕地的插手是对提尔最后的私人空间的入侵，卡特琳·盖尔汀格(Kathrin Geltinger)在《疯癫中的意义》(*Der Sinn im Wahn*)一书中认为雷娜代表的是为了物质利益和经济效益而向自然无节制索取的角色：

> 如果没有雷娜的话，提尔也许会将这块铁路旁的耕地闲置，而并不会以获利为目的耕种这块地。雷娜首先关心的是这块土地的用途，因为一切都要服从于物质利益。然而她犯了一个严重的错误，她闯入了对他丈夫来说神圣不可侵犯的领地，用世俗的、经济的利益考量玷污了这块土地的神圣。这个罪过需要用祭品来平衡，这次不是一只牡蛎就已足够，而要有人为之牺牲，提尔和他前妻的儿子托比亚斯就是这个牺牲品。①

---

① Kathrin Geltinger: *Der Sinn im Wahn. "Verrücktheit" in Romantik und Naturalismus*. Marburg: Tectum 2008, S. 92f.

提尔对于雷娜的建议想提出反对意见，却又不知该怎样说。在去往树林的途中，提尔一直感到不安。雷娜对那小块地还比较满意，一到那儿就开始像机器一样进行劳作。提尔带着托比亚斯一起巡视铁轨。托比亚斯对什么都感到好奇和惊讶，火车一辆接着一辆，"托比亚斯张大了嘴巴望着火车开过"(S.35)。午餐是在提尔的道口工小屋里吃的。雷娜将屋子收拾了一番。吃饭时，提尔向雷娜讲述了很多他工作上的事，他可以准确地说出"一节铁轨有 46 颗螺丝钉"(S.35)。上午雷娜已经将土地犁好，下午就该种土豆了，她坚持让托比亚斯跟着她一起来，以便帮忙照看婴儿。提尔则告诫她别让托比亚斯太过靠近铁路。

火车再一次显示出它盛气凌人的姿态——烟囱里冒着浓烟呼啸而来，这个恶魔一般的庞然大物无情地碾碎了提尔的生活。紧急哨声响起时，提尔疑惑地前去检查，他动作机械地挥动红色的旗帜，示意火车司机停车。当他发现托比亚斯卧倒在铁轨上的时候，整个人也如脱轨的火车一般，发出动物般的吼叫，变得神志不清，陷入了疯癫的状态。他将事故归咎于雷娜的疏忽，之前雷娜虐待托比亚斯的行为在他心里埋下的怨恨一并爆发，他在弑妻杀子后最终被送入精神病院。

赫伯特·克雷默尔(Herbert Krämer)在评论该小说与自然主义特征的关系时指出："由于各种原因，犯罪主题是为自然主义作家所热衷的一个主题。所以一个

'自然主义的艺术品'想要真实地模拟自然的话，当然不会放弃描写人性的阴暗面。"①同时，自然主义时期受到实证科学的影响，精神病理学进入对犯罪评判的过程。在小说中，提尔最后被从监狱送入精神病院。豪普特曼没有对谋杀的过程进行详细的描述，只用了很短的篇幅交代了结局，并且在叙述中试图拉开读者和文本的距离，"如同一列从身旁开过的火车，眨眼之间就消失在远方"②。剩下的就留给读者去思考。

铁路在结构上贯穿整部小说。作为现代技术的标志，铁路使提尔挣扎于其内心的宗教世界和外部的工业世界之间。他将现代技术和神秘主义的想象混淆在了一起。例如，他设想电线杆发出的声响可以传递死者的声音，"从中他可以分辨出一种声音，这种声音让他想起自己已逝的妻子"（S. 34）。可是提尔内心的宗教诉求并没有得到有效的回应，他没有得到安慰，这反而造成了他内心的痛苦，长期游走在真实与幻觉之间的他最终因为意外事故的打击而彻底精神崩溃。与《沙人》中理性与非理性的对抗及主人公最后疯癫的结局类似，《道口工提尔》中的现实世界和幻想中的世界也如两条铁轨般平行。卡特琳·盖尔汀格认为提尔试图维持的空间划分从

① Herbert Krämer: *Gerhart Hauptmann. Bahnwärter Thiel.* München: Oldenbourg 1980, S. 24.
② Kathrin Geltinger: *Der Sinn im Wahn. "Verrücktheit" in Romantik und Naturalismus.* a. a. O., S. 96.

一开始就是无意义的：现任妻子雷娜性格上的侵略性和体型上的强壮与火车代表的现代工业的特征具有相似之处，两者都具有危险性和破坏性。被提尔用来思念米娜的道口工小屋本来就是现代工业的产物，米娜留下的唯一牵挂托比亚斯最终像那头牡犊一样，成为技术进步的牺牲品、新的技术之神的祭品。①

在小说中火车显示出了强大的力量和自主性，道口工提尔眼中的火车是恶魔一般的存在，铁路沿线的自然也不再能体现和谐的田园生活，而是给人造成了一种压迫感，同样具有危险性。如同海德格尔在《追问技术》中所阐述的现代技术、自然与人的关系，进入发电厂系统被"截断"的"莱茵河"已不再是荷尔德林笔下的莱茵河，工业社会中为技术进步服务的人也不再是农业社会中自给自足的个体，技术时代的人和自然都被卷进了现代技术的旋涡之中，技术规定着人按照技术的方式去活动，人的主体性丧失了，成为技术世界中一个可被计算的棋子。道口工作为整个铁路系统的一颗螺丝钉，他的人生已经被铁路工业"预置"，在托比亚斯被火车撞伤需要送往医院的时候，提尔还必须在道口继续工作，因为"眼下没有懂这项工作的人在那儿"（S. 39）。然而人毕竟不是机器，提尔在看到火车驶近时眼前浮现事故发生的那一幕，随即他失去知觉而陷入晕厥。晕厥其实是在他感

① 参见 Katrin Geltinger：*Der Sinn im Wahn. "Verrücktheit" in Romantik und Naturalismus*. a. a. O.，S. 97.

到无助和找不到出路时身体与意识选择的逃避状态。而找不到出路(Ausweglosigkeit)则是之后现代作家笔下一个典型的主题，如在 20 世纪初奥地利作家弗兰茨·卡夫卡的作品中。

第四章　从实体的机器到隐喻的机器

一、官僚制机器理论与"铁笼"的隐喻

理性（Rationalität）和理性化（Rationalisierung，或译作合理化）是德国社会学家马克斯·韦伯（Max Weber）分析以西方社会为样板的现代社会问题时的关键词。欧洲因文艺复兴、宗教改革和思想启蒙运动而进入现代社会，具有了与传统社会截然不同的社会形态。近代哲学并不直接考察现代社会，而是将其转化为"现代性"（Modernität）的问题，从观念和自我意识的层面来分析现代社会。康德在《回答这个问题：什么是启蒙？》中将现时代称为理性的时代，呼吁人们依靠理性脱离不成熟状态。这种不成熟状态尤其表现在宗教方面。人们在传统社会由于受到宗教的引导和教会的束缚而无法自觉运用自己的理智，而在启蒙运动的时代，人们要脱离这种不成熟状态，就要以理性的态度去对待世界和以理性

原则组织社会生活秩序。

与哲学不同，社会学主要从经验现实出发来把握现代社会的特征。在对西方资本主义社会的分析和批判中，韦伯的观点经常被用来与马克思的观点相比较。马克思的侧重点在于分析社会发展的客观规律、生产关系和生产力之间的关系，其出发点是经济基础决定上层建筑、经济决定文化。韦伯首先探寻的则是资本主义经济制度背后的精神渊源，他认为基督教新教伦理是现代社会得以理性化发展的发动机制。探讨文化、宗教的理性化与社会、制度的理性化两者之间是如何发生关联的。

韦伯在《新教伦理与资本主义精神》(*Die protestantische Ethik und der Geist des Kapitalismus*)中主要分析了新教伦理是如何引导教徒形成理性化的生活样式，而这种理性化的生活样式又是如何把人们引向理性化的经济活动中的。韦伯认为，宗教改革之后形成的新教教派中，尤以 17 世纪传播于西欧主要地区的加尔文教(Calvinismus)的教义对资本主义"精神"产生了重要影响。受路德教派影响，加尔文教也反对教会和烦琐的宗教仪式，但加尔文教最具特征性的教义"预定论"(Gnadenwahl)是路德教派所没有的。不同于路德教派的"因信称义"(sola fide)，即因为信仰而得到拯救，"预定论"认为世人当中只有一小部分人可以得到救赎，成为上帝的选民或弃民是早已注定的事，"若期望人的功与过能参与决定此种命运，即认为上帝自亘古以来拥有的绝对

自由的决定会受到人的影响而有所改变，无非是痴心妄
想"①。既然上帝的旨意不可改变，被上帝赐予恩宠的人
身上的恩宠不会失去，如同那些被他拒绝赐予恩宠的人
之不可获得恩宠。此条教义如此不近人情，甚至造成了
信徒"个体内在的空前的孤独感"②。在救赎的道路上，
牧师、圣礼、教会甚至上帝都帮不了他，信徒只能独行
其道，去面对那自古以来即已注定的命运。"预定论"使
得一切救赎之道就此断绝，一切巫术性的救赎手段都失
去了作用，宗教彻底实现了"祛魅"(Entzauberung)。

　　对于一个认为彼世的救赎比现世的利益关怀更为重
要的时代，预定论使得所有信徒都关心一个问题："我
是被挑选出来的吗？我又如何确信自己是被挑选出来
的？"③对于加尔文教徒而言，"绝对没有什么是比确认恩
宠状态的'救赎确证'(certitudo salutis)更重要的事
了"④。这一问题使信徒们陷于极大的不安和紧张的情绪
之中，为了消除这种情绪，加尔文教要求信徒首先要自
信，每个人都有义务相信自己是被上帝选中的，任何怀

---

① Max Weber：*Die protestantische Ethik und der Geist des Kapitalismus*.
　　Bodenheim：Athenäum Hain Hanstein 1993，S. 61. 下文中对该书文
　　本的引用均由笔者以德语原文为依据翻译而来，同时参考了康乐、简
　　惠美的译本，即［德］马克斯·韦伯：《新教伦理与资本主义精神》，康
　　乐、简惠美译，桂林，广西师范大学出版社，2010。
② Ebd.，S. 62.
③ Ebd.，S. 69.
④ Ebd.，S. 69.

疑和不自信都是没有得到恩宠的表现。如此一来，路德教派所推崇的只要悔改和虔诚信赖神就可以得到恩宠的谦卑罪人被充满自信的"圣徒"(die Heiligen)取代，如资本主义英雄时代意志如钢铁般坚定的清教徒。其次，信徒要以孜孜不倦的"职业劳动"(Berufsarbeit)来作为自我确证的手段。① 在加尔文教的教义中，为了给救赎确证提供可靠的基础，信仰必须用客观的结果来证明，即基督徒用以增加"神的荣耀"(Gottes Ruhm)的生活模式。在路德教那里，个人是上帝的容器，其宗教生活倾向于感情的陶冶；而在加尔文教那里，人是上帝的工具，人的世俗活动单单只是为了荣耀上帝，倾向于禁欲的行为。可以说，加尔文教塑造了一种特殊的人格："加尔文教的神要求其信徒的，不是个别的'善行'(gute Werke)，而是提升为成体系的'圣洁生活'(heiliges Leben)。普通人伦理实践中的无计划性和无系统性被彻底清除，而塑造出贯通整个生活样式的前后一致的方法。"②天主教徒的犯罪、悔改、赎罪、解脱然后再犯罪属于人性的起伏循环，在加尔文教教徒身上不可能发生。加尔文教的信徒需要每时每刻都严格要求自己，审视自我，压抑情感，并且行为要有计划性，于是他们的

---

① 参见 Max Weber: *Die protestantische Ethik und der Geist des Kapitalismus*. a. a. O. , S. 70f.

② Ebd. , S. 77.

生活被彻底理性化，完全被为上帝增添荣耀这个想法支配。这种理性化造成了信徒的一种独特的禁欲式性格。韦伯指出，加尔文教的禁欲与中世纪的禁欲有明显的区别，加尔文教式的禁欲是纯粹的现世内的事。"此种禁欲关上了修道院的大门，步入尘世，着手将自己的那一套方法论灌注到俗世的日常生活里，企图将之改造为一种在现世里，却又不属于俗世，也不是为了此世的理性生活。"①

劳动自古以来即为已被验之有效的禁欲手段，在加尔文教的教义中，劳动又与"天职"观念结合了起来，被视为用来确证恩宠以及荣耀上帝的最好的手段。一方面，从劳动者这一方来看，因视劳动义务为自己的天职而努力工作与教会强加于无产阶级的严格的禁欲要求，强有力地促进了资本主义意义下的劳动的"生产性"；另一方面，企业家将财富之取得从传统的伦理屏障中解放了出来，解开了利益追求的枷锁，不仅使之合法化，而且直接视之为神的旨意，企业家将营利也视为自己的"天职"，加尔文教鼓励所有信徒赚取一切他们所能赚取的，节省一切他们所能节省的，要变得富有，要以世俗

---

① Max Weber：*Die protestantische Ethik und der Geist des Kapitalismus*．a. a. O.，S. 120f. 这段引文德语原文为"Jetzt trat sie auf den Markt des Lebens，schlug die Türe des Klosters hinter sich zu，und unternahm es，gerade das weltliche *Alltagsleben* mit ihrer Methodik zu durchtränken，es zu einem rationalen Leben *in der* Welt und doch *nicht von* dieser Welt oder *für* diese Welt umzugestalten"。

的成功和财富来积累天堂里的财富。①

> 人对于托付给自己的财产负有义务的思想，亦
> 即将自己当作财产的管理者或者"收益机器"的想
> 法，有如冰冷的重负压在人们的生活之上。只要禁
> 欲的生活态度经得起考验，那么财富越多，责任就
> 越重，要为了上帝的荣耀而一直保护这财产，并通
> 过无休止的劳作来增加财富。②

信奉加尔文教的教徒的人格的理性化和行为的计划
性被转移到了经济生活中，这种对财产的珍视要求有产
者把财产使用在必要的、有用的事情上，理性化的人格
促使企业家们在对现代企业的组织和管理过程中进行严
密的规划，追求效率，有效地组织生产。"通常在纯正
宗教热潮已经过了巅峰，也就是以天国为目标的奋斗开
始慢慢消解为冷静的职业道德之时，宗教的根基逐渐枯
萎，让位于现实的功利主义。"③伴随财富的增长，伴随
对利润的追求，宗教信仰的驱动力逐渐弱化，经济发展
的动力开始成为社会发展的唯一驱动。韦伯总结说：
"资本主义的精神，不止如此，还有现代文化，一个本

---

① 参见 Max Weber: *Die protestantische Ethik und der Geist des Kapi-talismus*. a. a. O., S. 149-152.
② Ebd., S. 144.
③ Ebd., S. 149.

质的组成部分，即基于职业理念（Berufsidee）上的理性
的生活样式，乃诞生于基督教的禁欲精神。"①

脱离了宗教根基，新教徒就变成了资本家。在阐述
了资本主义的精神渊源，即宗教的理性化是如何塑造了
理性化的人格和生活样式之后，韦伯进一步论述了理性
化是如何在现代社会的管理和组织方面发挥作用的。韦
伯认为任何统治（Herrschaft，中译本中也常译作支配）
的持续运作，都有诉诸其有效性（Geltung，又译作正当
性）之原则的最强烈的自我辩护的必要。他在支配类型
学的架构中提出了有效统治的三种纯粹类型：以理性为
基础的法理型统治，以惯习化与恒常化为基础的传统型
统治，以魅力型人格为基础的克里斯玛型（Charisma）统
治。② 在后两种统治方式中，人们服从于特定的人（指由
于传统权威而具有特定身份的人或者因具有超凡魅力而
被视为救世主、先知或英雄的人），而在法理型统治中，
人们需要服从的是一系列理性的、客观的、非人情化的
规则和秩序，也因此服从于依据正式法律而占据某个职
位、行使支配权的人，但服从范围只限于该职位的管辖
权范围。法理型统治是现代社会的治理方式，官僚制
（Bürokratie，又译作科层制）就是法理型统治最纯粹、

---

① Max Weber：*Die protestantische Ethik und der Geist des Kapitalismus*.
a. a. O. ，S. 152.

② 参见［德］马克斯·韦伯：《经济与历史 支配的类型》，康乐、吴乃德、
简惠美等译，303 页，桂林，广西师范大学出版社，2004。

最有效的一种。

现代官僚制组织遍布整个社会，渗透于现代社会的一切机构中，"教会、国家、军队、政党、营利企业、利益团体、基金会、俱乐部，等等，均为如此"①。吉登斯在对比韦伯与马克思的思路时认为，韦伯将马克思的"生产工具"概念替换成了"管理工具"，把马克思的剥夺工人的生产工具从直接的经济领域延伸到组织管理与国家政治领域。②

从技术层面上看，官僚制是历史上最为理性化的一种组织形态。韦伯把成熟的官僚制机构与其他形态的组织进行比较，将其差别形容为"正如机器生产方式与非机器生产方式的差别一样"③。官僚制（尤其是纯粹的官僚制组织——一元化领导的官僚制）在明确性、稳定性、敏捷性和纪律的严格性等方面，都比其他形式的组织更优越，它就像一台建立在可计算性基础上的高效运转的机械装置。专业知识在官僚制中的重要性日益增强，并且"官僚行政系统之所以优越，主要是因为专业知识在其中所扮演的角色"④。同样，官僚组织也日益依赖于专家。韦伯指出，不管人们对官僚制有多少抱怨，"在任

---

① ［德］马克斯·韦伯：《经济与历史 支配的类型》，318 页。
② 参见［英］安东尼·吉登斯：《资本主义与现代社会理论》，郭忠华、潘华凌译，264 页，上海，上海译文出版社，2007。
③ ［德］马克斯·韦伯：《支配社会学》，康乐、简惠美译，45 页，桂林，广西师范大学出版社，2004。
④ ［德］马克斯·韦伯：《经济与历史 支配的类型》，318 页。

何领域中，要想像一个没有专业人员的持续性行政工作，几乎是一种幻觉"①。官僚制提供了贯彻行政职务专业化之原则的可能性，每个职员都肩负着各自的任务，他们受过专业训练，并且在实际操作中还在不断增长自己的专业知识。"切事化"地处理事务，即根据"可计算的规则""不问对象是谁"。同时，管理者所具有的行政权力并不是源自个体的天赋特权或身份特权，而是源自抽象的权力，即为抽象规则体系所赋予的行政权力。于是，官僚制体现出一种独特的风格——"非人格化"。"官僚制发展越完美，就越'非人性化'。换言之，亦即更成功地从职务处理中排除爱、憎等一切纯个人的感情因素以及无法计算的、非理性的感情因素。"②官僚制"不问对象是谁"，使得每一个人都获得了形式上的平等对待，消除了含有私人利益因素、各种情感因素的易于有失偏颇的管理。

韦伯认为，官僚制一旦确立，即成为社会组织中最难摧毁的一种。整个机构像一台"机器"（Apparat）一样自动运转，并且这台机器的内部结构也日益机械化，每个层级上的职位都不可或缺，然而每个具体的人又都可以被替代：

---

① ［德］马克斯·韦伯：《经济与历史　支配的类型》，318 页。
② ［德］马克斯·韦伯：《支配社会学》，46～47 页。

　　官僚制机构一旦成立之后，其客观上的不可或缺性与其特有的"非人格性"（Unpersönlichkeit）是相互结合的，这点也意味着此一机制……极容易变更效劳的对象，只要那个人能取得控制权。理性组织的官僚系统，即使是在被敌军占领的地区，仍持续运转，唯一要做的事只是更换其最高长官。之所以如此，乃是因为其运转与否关乎所有人——甚至包括敌军——的重大利害关系。①

　　韦伯列举了俾斯麦与德意志帝国的关系。俾斯麦在掌权期间，铲除了所有特立独行的政治家，将自己与下属阁僚的关系转变为一种官僚制的从属关系。于是令他惊讶的是，在他退休之时，这些阁僚对此既不在意，也不感到泄气，继续履行自己的职务，"整件事就只是官僚机构中某个人物取代了另一个人物，一点也不像离开的人实际上乃是个天才型的支配者、整个官僚机构的创始人"②。这充分证明由于现代官僚制组织高度的"非人格化"的特点，个人之于整个机构就如同一台不断运转的机器上的一个零部件、一个齿轮。

　　韦伯一方面对官僚制统治形式的技术优越性和历史必然性深信不疑，另一方面也在担心这个理性的、高效

① ［德］马克斯·韦伯：《经济与历史 支配的类型》，67 页。
② ［德］马克斯·韦伯：《经济与历史 支配的类型》，67 页。

的技术工具反过来会成为吞噬个人自由的"钢铁般的牢笼"(stahlhartes Gehäuse)①。为了迎合劳动分工的专门化发展趋势，促进现代生产效率的提高，浮士德式的个人全方位完美发展的念头不得不被放弃，人们只能专心致力于从事一门工作，现代职业劳动由此而具有韦伯所说的禁欲的特点：

> 清教徒想要成为职业人(Berufsmensch)——我们则必须成为职业人，因为禁欲走出僧院，步入了职业生活之中，并开始支配世俗道德，从而助长了现代的经济秩序的那个巨大宇宙的诞生，虽然该经济秩序与以技术和经济为前提的机械——物质生产——相关。如今，这个强大的宇宙正以压倒性的力量决定着降生于这一机制中的每一个人的生活方式，而不仅仅是直接从事经济活动的人，直到最后一担化石燃料燃尽为止。②

新教的禁欲精神早已脱下了宗教的外衣，"获胜的资本主义自从在机械文明的基础之上得以建立，就不再需要(宗教的)根基。而宗教改革的继承者启蒙运动，也

---

① Max Weber：*Die protestantische Ethik und der Geist des Kapitalismus*. a. a. O.，S. 153.
② Ebd.，S. 153.

最终褪去了蔷薇色的光泽。'职业义务'的思想则有如昔日宗教信仰的幽灵，在我们的生活里徘徊"①。启蒙运动最初将理性诠释为解放人的进步力量，希望借此提升人的自由度和自治力，然而建立在理性化基础上的国家、机构和企业等一切组织，将人置于新的秩序和规则之中，人必须以职业人的身份适应整个官僚机器运转的规律，而这导致了人的个性的丧失，并没有使人获得更大的自由。

一方面，理性的发展彻底实现了宗教的祛魅，现代人失去了灵魂的依托，处于没有根的漂浮状态；另一方面，官僚制渗透到社会所有的组织机构中，在其专业化、可计算性和非人格化的组织运作中，理性成为一种统治力量，导致了理性与自由的对立。韦伯使用"铁笼"的隐喻，说明了官僚制反映出的理性的两个维度——形式理性（formale Rationalität）和实质理性（materiale Rationalität）之间的矛盾：从形式上来看，它具有高效率和技术上的优越性；从实质上来看，它威胁到人的人格的自治，人失去情感，成为自动运转的机器中一个可替换的零件。官僚制体现了形式上的合理性和实质上

① Max Weber：*Die protestantische Ethik und der Geist des Kapitalismus*. a. a. O.，S. 154.

的非理性。①

　　"铁笼"的隐喻凸显了现代人无法抗拒的时代之宿命。建立在可计算性基础之上的以现代企业为核心的经济体系和以现代国家为核心的政治官僚体系成为现代社会的特征，"大获全胜"的现代社会日益与促使它兴起的精神信念相脱离，并与之相对立。现代人处于科学与宗教、技术与道德、形式理性与实质理性等一系列对立与冲突之中，现代个人"只能是在种种紧张关系中维持着生活：在应然与实然的紧张中，在信念与效果的紧张中，以及在拒斥现世与承认这么一个解放了魔咒的世界

---

① 韦伯在社会生活的不同领域使用了形式理性与实质理性这一对概念。例如，他在分析经济领域的特征时指出，"所谓经济行动的形式理性（formale Rationalität），在此是指经济行动中，不仅技术上可能且实际上真正运用的计算程度"，"一项经济行动之所以是形式理性的，在于其能够以计量的、'可计算的'权衡思虑表现出任何理性经济固有的'事前准备'，并且实际上如此表现出来的程度"，"反之，所谓实质理性（materiale Rationalität），是指一定的群体（不论范围多小）通过经济取向的社会行动所进行的种种财货供给总是（将是或应该是）从某种价值判准（wertender Postulate，无论其性质为何）的观点出发，且受此一标准检验"。在韦伯的阐释中，实质理性光是考察纯粹形式上（相对而言）明确无误的事实是不够的，"另外还得设定诸如伦理的、政治的、功利主义的、快乐主义的、身份的、平等主义的和其他不管怎样的一种要求，并且借此来衡量经济行动的结果（无论其于形式上是多么'理性的'，换言之'可计算的'）是否为价值理性的（wertrational）或实质目的理性的"。即形式理性具有事实的性质，可将其界定为手段和程序的可计算性。实质理性具有价值的性质，其合理性是根据某种价值要求来衡量的。参见［德］马克斯·韦伯：《经济行动与社会团体》，康乐、简惠美译，36～37页，桂林，广西师范大学出版社，2004。

有其'自身固有权利'的紧张中"①。这种启蒙理性的悖论，被韦伯视为现代性的危机，按照他的观点来看，现代社会的官僚制以其技术—效率的优越性取得了自身的合法性，在一个各部门的管理都需要精确计算的社会中，想要逆转官僚制的进程是不可能的。所以，韦伯所面临的现代性问题在于：在一个形式理性成为统治力量的时代，重建一种理性自由的生活方式何以可能？

二、卡夫卡小说《失踪的人》

奥地利作家弗兰茨·卡夫卡的第一部长篇小说《失踪的人》写作于 1912—1914 年，同他的另外两部长篇小说《审判》(Der Prozess)和《城堡》(Das Schloss)一样，它也是一部未完成的作品。1927 年，小说经卡夫卡的朋友布洛德整理后出版，并被命名为《美国》(Amerika)。但卡夫卡本人在书信中提到他的"美国小说"时名之为《失踪的人》。"我正在写的这篇情节设计得没完没了的故事叫做《失踪的人》。……故事发生在北美利坚合众国。"②事实上，卡夫卡本人从未去过美国。有评论者认为美国是卡夫卡"借以来抗拒布拉格的梦幻世界，是想象的曙

---

① ［德］施路赫特：《理性化与官僚化：对韦伯之研究与诠释》，顾忠华译，47 页，桂林，广西师范大学出版社，2004。
② ［奥］弗兰茨·卡夫卡：《卡夫卡文集》第 4 卷，祝彦、张荣昌译，26 页，上海，上海译文出版社，2002。

光赋予小说的一抹亮色"①。而他在小说中描述的最具现代化特征的大都市纽约，则是 20 世纪初工业化大城市的典型代表。

　　本章主要探讨这部小说中所反映的 20 世纪初工业化大城市中机器与身体、城市与人的感知的关系，并借助对书中主人公卡尔·罗斯曼的个体命运和以他的视角来关注的其他人的存在状态的分析，进而探讨现代文明的理性进程带来的机械化运作体系中身体对机器的依赖和个体的符号化、抽象化问题，以及交通工具对人的空间感知和整个感知系统的影响。

　　"失踪的人"首先指的是这部小说的主人公卡尔·罗斯曼。16 岁的卡尔由于受到女仆的引诱，并与之生下孩子，被父母赶出家门，遣往美国。作为被放逐者，他只身来到陌生的国度。在被舅舅短暂收留后，却因违背舅舅的意志而再次被抛弃。在流浪过程中他认识了流浪汉鲁宾逊和德拉马契。在西方饭店找到电梯工的工作后，他又因醉汉鲁宾逊的来访而被饭店解雇，此后他再次流浪，并沦为女歌手的奴仆。卡尔的一再沉沦，也反映了卡夫卡小说中反复出现的主题，即个体存在的困境。他始终在努力着，却总有一股力量推着他往下沉，一路走来，他的社会地位越来越低。所以这部小说也被认为是

---

① 曾艳兵：《闭上眼睛的图像——论卡夫卡的〈美国〉》，载《外国文学评论》，2000(4)，80 页。

现代的反成长教育小说（Anti-Bildungsroman），即外部环境并没有促成主人公卡尔的成长，而是导致了他的不断沉沦。有研究者认为卡夫卡"否定了德国传统成长小说的教育理想，将对个人命运的描写变成了对一类人的命运的描写"①。在小说中，卡夫卡除了描写主人公卡尔的命运，还特别描写了现代工业社会中异化的个体，反映了 20 世纪初工业化大城市中人的身体与机器之间的关系，以及交通工具带来的城市空间体验及其对人的感知的影响。

在现代工业社会中，人的身体在很大程度上受到了技术的影响，个人成为像机器一样运转的工业化大城市的一个部分、一个零件。

《失踪的人》中有一段对主人公卡尔的舅舅雅各布经营的一家现代化代销和运输企业的介绍：

> 这是一种中间贸易，但不是将商品从生产者介绍给消费者或商人，而是将商品和原料介绍给大的集团公司，或者当这些集团公司的中介。所以，这是集采购、储存、运输和销售于一体的大宗业务，必须不间断地同当事人用电话和电报保持准确的联系。②

---

① 冯亚琳：《"原罪"之后是什么——德国成长小说与犹太教交叉视野中的〈失踪的人〉》，载《四川外语学院学报》，2008(2)，33 页。

② [奥]弗兰茨·卡夫卡：《卡夫卡文集》增订本第 2 卷，孙坤荣、黄明嘉译，177 页，北京，作家出版社，2011。后文中出自该书的引文，只随文在括号内标出引文出处页码，不再另行作注。

卡夫卡研究者海纳·斯塔赫（Reiner Stach）谈道：
"卡夫卡是第一位把一个大企业描述成具有烦琐的功能
载体系统的作家，也是第一位把现代科学管理系统的疯
狂和对个人劳动的完全贬值作为文学作品主题的德语作
家。"①雅各布的运输公司不同于传统企业，它并不直接
生产商品，这是传统制造工厂到现代服务型企业的一个
转型。由于其中间商的性质，它远离了生产和消费领
域，又由于其现代机械化的运作体系，使得其中工作的
个体与产品分离，成为符号化和抽象化的存在。电话和
电报等通信媒介的发展，则更加促进了现代工业文明的
理性化进程。

　　自工业革命起特别是从 19 世纪开始，社会的理性
化进程导致人在机械化体系中的异化和自身主体性的丧
失，按照马克斯·韦伯的观点来看，是经济的理性化导
致了人的非理性，由于追求经济和技术的发展，对人的
构想已不再如古典时期那样寻求个人全方位的完美发
展。在理性化的社会秩序中，人必须成为"职业人"。格
奥尔格·卢卡奇（Georg Lukács）在《历史和阶级意识》
(*Geschichte und Klassenbewusstsein*)中对劳动领域人的
异化则有着与马克思类似的观点："劳动过程被逐步分
解为许多抽象的、合理的和专门化的操作，使得工人不

---

① Reiner Stach: *Kafka. Die Jahre der Entscheidungen*. Frankfurt am
Main: S. Fischer 2004，S. 198.

与最终的制成品发生接触，并且工人的劳动被简化为一套专门化操作的机械性的重复行为。"①这一点不仅可以从小说《失踪的人》中西方饭店的运转，更能从雅各布公司的电话厅一见端倪：

> 不管往哪里看，各个小电话间的门总是不断地开闭，铃声不断，搅得人晕头转向。舅舅打开最近处的电话间的小门，只见在闪亮的灯光下坐着一个职员。他对于门频频开关发出的声响已麻木，头上戴着耳机，右手放在桌上，显得异常沉重，只有拿铅笔的手指在动着，均匀而快速，看上去很不正常。（177）

电话铃持续不断地刺激着小职员的听觉，使其晕头转向并对周围其他声响完全注意不到，紧张的工作节奏也造成了他感官的迟钝，他的动作完全取决于电话里传递的信息。这一机械化的工作让人沦为被动的、消极的客体，成为整个电话办公系统的附属和整个系统中的一个机器零件。

由于德国以及卡夫卡当时所在的奥匈帝国的城市化、工业化进程明显落后于英国和法国，所以德语文学

---

① ［匈］格奥尔格·卢卡奇：《历史和阶级意识》，王伟光、张峰译，87页，北京，华夏出版社，1989。

对工业化大城市和劳动生产领域的关注主要开始于 19
世纪 80 年代左右的自然主义时期，虽然自然主义的作
家们对工业化和城市化表现出狂热与批判并存的矛盾心
理，但自然主义的主题之一则是"细节再现事实和详尽
描写社会下层人民的生存环境"①。自然主义对工人工作
和生活困境的写实描写到了表现主义时期则是通过"情
感、意识、表达方式和形式的极端化"②来展现的。卡夫
卡从 1908 年开始供职于布拉格的一家保险公司并曾"短
时期地担任布拉格一家石棉公司的股东和工厂主，不同
于其他大多数同时代的作家，卡夫卡对于世纪之交的工
业化状况有着亲身的体会"③。所以卡夫卡在 1912 年 2 月
4 日的日记中写道："昨天在工厂看到的女孩们……她们
在工作时不是真正的人，人们不和她们问候、致意，撞
到她们时也不道歉，她们被人呼来喝去干各种杂事，干
完后又立即回到机器旁边。"④

　　卡尔来到西方饭店后，女总管给他安排了电梯工的
工作。卡尔非常希望靠自己的努力寻得一条出路，于是
立刻怀着热情开始工作。然而让卡尔失望的是："电梯

---

① Waltraud Wende："'Augen in der Großstadt'- die Großstadt，ein Wahrnehmungsraum der Moderne". In ders.（Hg.）：*Großstadtlyrik*. a. a. O.，S. 20.
② Ebd.，S. 26.
③ Harro Segeberg：*Literatur im technischen Zeitalter*. a. a. O.，S. 311.
④ Franz Kafka：*Tagebücher. Kritische Ausgabe*. Hg. von Hans-Gerd Koch. Frankfurt am Main：S. Fischer 1990，S. 373.

工与电梯机械结构的关系仅仅是简单地按按电钮使其运作，而修理传动机械则由旅店里专门的机械师负责……此外，这工作很单调，日夜班交叉，每天干十二小时，的确使人疲惫异常。"(225)美国社会学家理查德·桑内特(Richard Sennett)在《肉体与石头：西方文明中的身体与城市》(*Flesh and Stone：The Body and the City in Western Civilization*)一书中研究了电梯在密封的空间中的作用，电梯使人们在高楼中的上下移动变得轻松，"利用电梯技术克服了垂直升降的问题，摩天大楼因而得以建造起来……除此之外，电梯也让建筑物以全新的方式密封起来，人们可以在短短数秒之间远离街道及其一切"①。电梯由于其对垂直空间的利用和对私人空间与公共空间的联结改变了人们在室内的空间感知，而电梯工作为电梯的附属则被整合到电梯的机械运作中，不仅电梯工的身体被困于电梯的密闭空间中，其活动也被简化成一个特别的固定动作的机械重复，由于对整个机器全貌认知的丧失和自身的可取代性，卡尔在工作时越来越不主动，变得消极、失望和疲惫。

在做电梯工的日子里，卡尔也接触到了饭店里其他小职员的生活，如把卡尔当作倾诉对象的女打字员。除了超负荷的工作和被解雇的担心，她下班后仍然想同新

---

① ［美］理查德·桑内特：《肉体与石头：西方文明中的身体与城市》，黄煜文译，460～461页，上海，上海译文出版社，2011。

来的卡尔聊天的原因是"因为没有人同我说话"（224）。每天做打字机的工作使其与他人的联系被割断，机械化的分工将个体变成孤立的抽象的原子，而媒介技术的发展加深了个人的孤立感和存在危机。类似的由于工具媒介而导致人的精神危机加深的例子，卡夫卡在其他短篇小说中也有涉及，如《邻居》（*Der Nachbar*）中那个总是害怕自己的业务电话被邻居窃听的第一人称叙述者"我"。"我"总是臆想着对方在隔着墙壁偷听他的电话，于是接电话时的紧张和不安发展成病态的恐慌，恐惧和猜疑的后果是其事业受到影响，从而陷入精神和生存的双重危机。

在《失踪的人》中，除了描写个人的身体受到各种机器的牵绊外，大城市也对人的感知造成了特别的影响。城市是人类文明进程的产物，从历史人类学的角度出发，城市被定义为"人和周围环境关系的一个建构的隐喻……真正的城市形成于一个十字坐标的基础之上。其中的一个轴象征着人的自我理解，另一个轴象征的是历史的目的性"[1]。笛卡尔推崇的理性思想让人感到自己获得了此前为上帝所独有的创造力，笛卡尔虽然肯定了上帝作为创造者的身份，但他更强调了上帝所赋予人的理

---

[1]　Gert Mattenklott: "Stadt". In: Christoph Wulf（Hg.）: *Vom Menschen. Handbuch Historische Anthropologie*. Weinheim/Basel: Beltz 1997, S. 211.

性。他认为在上帝之后，人认识世界、自然和人自身就要依靠人的理性，通过实践哲学"成为支配自然界的主人"①。相对于上帝创造的自然环境，城市则完全是人在理性引导下的构想，是人模仿上帝，并通过自己设定的秩序创造"第二自然"的构想。因此，城市常被人们看成是一个人造机器，其构造机制被比作人的身体，而其运转规律则被比拟为人体的循环系统。

理查德·桑内特在城市史研究中认为人类身体血液循环系统理论的发端，极大地影响了城市设计理念。18世纪时，启蒙运动的城市设计者就想让城市变成一个"人们可以在其中自由移动与呼吸的地方"②。"因此，'动脉'与'静脉'这些词就被18世纪的设计者用在城市的街道上，说明了交通系统是以身体的血液系统为蓝本……如果城市中的运动在某处受到堵塞，那么整个城市就会面临危机，就像人的身体在动脉堵塞后会中风一样。"③

这种理念强调通畅和迅速，这样的城市设计模式从启蒙运动起延续至今。但桑内特也提到，这种城市设计在给生活带来便利的同时，现代交通工具和交通体系也排斥了人的身体在城市生活中的参与以及与城市空间的

---

① René Descartes： *Abhandlung über die Methode，richtig zu denken und die Wahrheit in den Wissenschaften zu suchen.* a. a. O.，S. 70.
② ［美］理查德·桑内特：《肉体与石头：西方文明中的身体与城市》，335页。
③ ［美］理查德·桑内特：《肉体与石头：西方文明中的身体与城市》，346页。

接触。"当都市空间的功能变成了纯粹用来移动的时候，都市空间本身也就失去了吸引力。"①对于汽车驾驶员和乘客来说，城市街道成了用以移动和穿行的空间，汽车成为人的一个器官，人只需轻微地动一动就能达到移动的目的。汽车将现代城市变成了没有边界的空间，而依靠交通工具移动的身体则与城市空间产生了间隔，身体的空间感知被改变了。同时，文明进程带来的人的感知体系的分化，各感知器官的功能分工愈加明晰，视觉感知与其他感知相分离并逐步占据主导地位，相对于触觉和味觉这样近距离发生效用的感官被归入个体的私人领域，视觉则具有公开性。冷漠的视觉创造了与观察对象之间的距离感。在城市体验中，城市"被转化成了各种各样可以采集的景观"②，然而，冷漠的视觉却"妨碍了我们的真实体验"③。

　　在小说《失踪的人》中，主人公卡尔在纽约舅舅家居住的那段时间里，对纽约的体验仅仅是通过观看来进行的，卡夫卡对城市的街头景象的描写也是来源于卡尔乘坐舅舅的朋友波伦德先生的车时所产生的观看体验：

① ［美］理查德·桑内特：《肉体与石头：西方文明中的身体与城市》，5页。
② ［英］约翰·厄里：《城市生活与感官》，见汪民安、陈永国、马海梁主编：《城市文化读本》，158页，北京，北京大学出版社，2008。
③ ［英］约翰·厄里：《城市生活与感官》，见汪民安、陈永国、马海梁主编：《城市文化读本》，158页。

卡尔在此之前尚未乘车穿过纽约的街道，现在
则越过条条人行道和车行道，时时变换方向，犹如
在旋风中有一种不是人为的噪声在追逐，像一种怪
异的自然要素所为……在有些街道，去剧院的观众
非常担心迟到而健步如飞，或乘坐急速开来的汽
车，拥向各家剧院。(180)

视觉成为卡尔接触周围环境的主导，他通过汽车这
一媒介来观察街上的行人，并带着一种俯看城市全景的
优越感，如果想从感官上彻底与街道空间隔绝，他只需
将目光移开，"他并不关心周围的一切"(180)。相对于
步行来说，乘车穿过街道时，目的只在于迅速通过，身
体的空间感知被弱化，容易使人忽略沿途的风景。法国
社会学家米歇尔·德·塞都(Michel de Certeau)在《城中
漫步》("Die Kunst des Handelns：Gehen in der Stadt")
一文中通过对比俯看城市全景和步行体验城市生活两种
不同的观看方式，细数了步行实践在感知城市时的优
势，行走可以创造观察的机会并制造各种偶然，"步行
者能使空间提供的可能性成为现实……并能改变它和创
造新的可能性"[1]。

---

[1] Michel de Certeau："Die Kunst des Handelns：Gehen in der Stadt". In：Karl H. Hörning/Rainer Winter（Hg.）：*Widerspenstige Kulturen. Cultural Studies als Herausforderung*. Frankfurt am Main：Suhrkamp 1999，S. 273.

然而在卡夫卡笔下的工业化城市中，交通始终是繁忙或拥堵的，如舅舅家楼下的街道："这条马路总是交通拥堵。向下望去时，它呈现着一种不断变化的、散布得密密麻麻的混杂图景——由变形的人体和各种车辆的车顶所组成的混杂景象。这混杂之中又生出另一种由喧嚣、灰尘和各种气味组合而成的多元混杂。"(173)在这里，视觉、听觉和嗅觉同时呈现，混杂的场景带来的是认知的支离破碎，汽车占满了整条马路和街道，行人成为受排挤的对象。小说中在卡尔被西方饭店解雇后跑出饭店时，有一番对街上行人的描写："汽车长龙正慢慢从大门口开过，形成阻塞……急于到马路上去的行人只好在汽车中间穿行，好似穿行于公众通道……卡尔慌不择路，撞在一辆汽车上，车里的人对他表示厌恶并把他推倒。"(255)汽车成了道路上的主角，街道被设计成便于车辆移动的空间，而行人则只能在车辆的夹缝中穿行，"行人松散的互动和移动被严格控制下的机器移动所代替"①，对行人来说，道路变成了危险的空间。除了描写如流的车辆和匆忙的行人，卡夫卡还借用卡尔的目光描写了工业社会街道上的另一番特殊景象，即代表城市野性的罢工的游行人群和代表城市纪律的警察，罢工游行导致的道路堵塞也成为期望快速穿过城市空间的目的的阻碍。

---

① ［英］约翰·厄里：《城市与汽车》，见汪民安、陈永国、马海梁主编：《城市文化读本》，217 页。

在小说的结尾，卡夫卡给主人公卡尔安排了一个看似理想的出路——"一个不真实的，脱离现实的乌托邦的幻想的投影"①。俄克拉荷马大剧院的招聘广告上写着："我们欢迎每个人！谁想当艺术家，赶快报名！不论何人，我们剧院都需要！"（290）对于不断被抛弃、不断被迫沉沦的卡尔来说，这似乎是一个得以重新获得生活的机会。于是，卡尔来到招聘点，开始了程序烦琐的报名流程，应聘者被识别、归类并最终被贴上标签登记在册。卡尔在通过了多重审核程序后，终于戴上了"技术工人"的袖章，他隐藏了自己的真实身份，现在他叫"尼格罗"了。回想卡尔从踏上美国的领土开始，他就在不断地失去：父母的照片、人身自由、人格和尊严。现在他连名字也丢掉了。俄克拉荷马大剧院被描述成一个分支庞大的运转机器，"被招收的人则不再是独立的存在，他们被变成了可以派上用场的、一个系统中有用的小零件"②。小说结束于卡尔乘坐剧院预订的火车去往俄克拉荷马大剧院的途中，从此去向不明。这个已经失去了一切的人也即成为"失踪的人"。

在小说中，不仅有实体的机器如电话、电梯和汽车

---

① Hartmut Binder (Hg.)：*Kafka-Handbuch in zwei Bänden*. Band 2：*Das Werk und seine Wirkung*. Stuttgart：Kröner 1979，S. 412.

② Bernhard Greiner："Im Umkreis von Ramses Kafkas Verschollener als jüdischer Bildungsroman". In：*Deutsche Vierteljahresschrift für Literaturwissenschaft und Geistesgeschichte* 77（2003）. Stuttgart：Metzler，S. 654.

等工业社会的产物对人的影响，还有社会这个隐喻的、抽象的机器以其自身的运转机制实现着对人的控制。俄克拉荷马大剧院其实可被看成是整个工业社会运转机器的一个缩影，正如韦伯所说的：

> 一旦官僚机器实际存在了，被统治者就不可能摒弃、也不可能取代它，因为它依赖的是专门素养、工作职能专业化以及在逐一掌握条理性相互协调的职能时那种惯常的精益求精态度。……大众的实际命运已经越来越依靠私人资本主义不断官僚化的组织持续得体的运转，把它们淘汰出局的念头越来越变得不切实际了。①

卡尔在进入大剧院体系后的失踪则可以看成是他在这一隐匿的机器中的命运。小说中不管是对主人公卡尔本人经历的描写，还是借卡尔的视角观察的被置于现代机械化运作体系中依靠机器工作的个体，抑或是繁忙的交通景象中受排挤的行人和被交通工具麻木了感官的乘客，无不反映出工业社会中最典型的人的异化和抽象化问题。于是，去向不明的、失去自我的人又岂止卡尔一个。在这种意义上，失踪的状态也是对人的基本存在问题的描写。

----

① ［德］马克斯·韦伯：《马克斯·韦伯社会学文集》，阎克文译，217 页，北京，人民出版社，2010。

第五章 从世界的机器化到思维的机器化

一、启蒙反思与工具理性批判

韦伯认为现代社会的理性或合理化在本质上是以可计算性和高效率为特征的形式理性。霍克海默和阿多诺在《启蒙辩证法——哲学断片》(*Dialektik der Aufklärung. Philosophische Fragmente*)一书中将韦伯理论中的形式理性转化为工具理性(instrumentelle Vernunft)的概念。他们围绕工具理性所展开的现代性批判,可以说是对韦伯理性化主题的回溯、批判和超越。霍克海默和阿多诺将工具理性理解为一种统治自然界和人的工具,认为工具理性造就了一个"受到控制的世界",并进一步将工具理性批判延伸到极权主义和大众文化批判中,并在此过程中追溯到启蒙思想的源头。

这里的"启蒙"不仅指 17、18 世纪的启蒙运动,而是泛指人类社会在近现代的理性化进程中强调理性至上的思想进程。对人性的张扬、对理性的崇拜和对历史永远进步的信念是启蒙的重要标志。启蒙理性继承了古希腊古典理性主义关于宇宙的理性结构和人作为理性存在物的基本思想，并与科学技术的发展相结合，相信人不仅可以通过理性和知识去把握自然界，并且可以通过日益改善的技术手段去征服自然，随着科学技术的不断发展，它相信人对自然的控制力可以与日俱增，人可以凭借自身不断增强的力量完成此前人们认为只有依靠上帝的力量才能成就的事。

"就进步思想的最一般意义而言，启蒙的根本目标就是要使人们摆脱恐惧，树立自主。但是，被彻底启蒙的世界却笼罩在一片因胜利而招致的灾难之中。启蒙的纲领是要唤醒世界，祛除神话，并用知识代替幻想。"①韦伯认为，理性化的过程实现了"世界的祛魅"(Entzauberung der Welt)。霍克海默和阿多诺沿用了"祛魅"的概念，并指出，启蒙最初的美好愿望是使人类摆脱宗教和迷信的束缚，使人不再由于恐惧而受制于外界的力量。然而他们真正关注的不是"祛魅"，而是"返魅"。在经历了中世纪宗教神学对人的压抑之后，近代哲学发生了认识论的转向，确立了人的主体地位，以笛卡尔为代表的理性主义者将理性作为衡量一切的权威和标准，而

---

① [德]马克斯·霍克海默、西奥多·阿道尔诺：《启蒙辩证法——哲学断片》，渠敬东、曹卫东译，1 页，上海，上海人民出版社，2006。

以培根为代表的经验主义者则推崇知识的力量。霍克海默和阿多诺在书中引用培根的自然观点："人类的理智战胜迷信，去支配已经失去魔力的自然。知识就是力量，他在认识的道路上畅通无阻：既不听从造物主的奴役，也不对世界统治者逆来顺受。"①然而，启蒙在追求人类自由和解放的道路上，却逐渐走向其对立面，神话实现了启蒙，启蒙却倒退成神话。

在古代社会，人类由于认知水平较低，只能利用神话或迷信去解释自然界，在神话世界里，人按照自己的要求和目的创造人和自然，这是当时人们认识自然的一种方式。启蒙试图改变这样的世界，在科学和技术发展的支撑下，启蒙要求人们遵从自己的理性，摆脱对神的崇拜，启蒙理性摧毁了基于非理性信仰的神话，自身却成为基于理性的信仰，而自然在这一组关系转换中变成了单纯的客观存在。"人们从自然中想学到的就是如何利用自然，以便全面地统治自然和他者。这就是其唯一的目的。"②启蒙的目标是摆脱对自然的恐惧，通过认识自然从而得以控制自然，通过确立人在自然界中的主体地位，肯定人的价值。然而，启蒙理性的无限发展使得人的主体力量无限膨胀，权力不仅仅在人对自然的控制

① ［德］马克斯·霍克海默、西奥多·阿道尔诺：《启蒙辩证法——哲学断片》，2页。
② ［德］马克斯·霍克海默、西奥多·阿道尔诺：《启蒙辩证法——哲学断片》，2页。

中扩张，更加蔓延到了人与人之间的关系中。就此，霍克海默和阿多诺认识到启蒙的极权主义性质："人类为其权力的膨胀付出了他们在行使权力过程中不断异化的代价。启蒙对待万物，就像独裁者对待人。"①启蒙引领人们从黑暗走向光明，但是当理性发展到极点之后成为支配一切的统治力量时，又把社会从文明拉回野蛮状态。以人的自由和解放及不断进步为信念的启蒙运动在发展的过程中反而导致人对自然的奴役和极权主义的诞生，霍克海默和阿多诺将其原因归结为启蒙理性向工具理性的演变。

启蒙运动极大地推动了自然科学的发展，人们开始用数学的思维来思考事物，把追根究底和以计算出标准答案为目的的数学思维作为评价万物的尺度，以规避非理性的因素，理性逐渐超越了自己的界限，发展为工具理性。

　　思维把自身客观化为一种不由自主的自我推动过程，客观化成一种机器的化身，这种机器是在这个过程中形成的，以便最后思维能够被这种机器彻底替代。……数学步骤变成了思维仪式。尽管有着自我限定的公理，数学还是认定自身有着必然性和

---

① ［德］马克斯·霍克海默、西奥多·阿道尔诺:《启蒙辩证法——哲学断片》，6 页。

客观性：它把思想变成了物，变成了工具……①

　　霍克海默和阿多诺将理性化的主题由具体的社会学命题转换为抽象的哲学命题，将韦伯分析的资本主义社会一切机构和组织中的理性化悖论问题放在了一个更为宏观的背景和更为深刻的批判维度之中。韦伯用"铁笼"的隐喻将现代社会管理体系高度非人格化、高效率、可计算的特征和现代人在这种体系中失去自由、失去情感两者之间的矛盾展现了出来，并认为这就是现代人之不可逃脱的命运。韦伯在《新教伦理与资本主义精神》的文末已经揭示出机械文明的发展导致了启蒙原初精神的变质，只是韦伯试图采取"价值中立"的描述立场来论述资本主义精神以及资本主义社会的运转机制是如何形成的。他并未过多讨论实质理性上的不合理性。而霍克海默和阿多诺两人则直指已经发展为统治力量的工具理性，这种将自然和人本身都不断对象化为客观存在的机械思维，作为奴役自然和统治人类的工具，在否定了神话和上帝的地位之后被捧上了新的神坛，理性成为"万能经济机器的辅助工具"②。

　　在工具理性的支配下，不仅人与其支配对象，如自

---

① ［德］马克斯·霍克海默、西奥多·阿道尔诺：《启蒙辩证法——哲学断片》，19 页。
② ［德］马克斯·霍克海默、西奥多·阿道尔诺：《启蒙辩证法——哲学断片》，23 页。

然界，发生了异化，即对自然界的过度利用导致自然的
被破坏，伴随"灵魂的物化"（Versachlichung des Geistes）
和思维的机器化，人与人的关系甚至个体与其自身的关
系也发生了变化。"泛灵论使对象精神化，而工业化却
把人的灵魂物化了。"①个人需要按照经济运转机制和整
个社会机构的规则来安排自己的生活，这种"自我持存"
（Selbsterhaltung)的生存模式"迫使按照技术装置来塑造
自己肉体和灵魂的个体产生自我异化"②。启蒙本来的宗
旨是实现人的价值，人是目的，科学技术是手段。但在
理性发展为工具理性之后，科学成了目的，人却成了手
段。艾里希·弗洛姆(Erich Fromm)在《健全的社会》(*The
Sane Society*)中说道："19 世纪的问题是上帝死了，20 世
纪的问题是人类死了。在 19 世纪，不人道意味着残酷；
在 20 世纪，不人道系指分裂对立的自我异化。过去的危
险是人成了奴隶，将来的危险是人会成为机器人。"③

　　在思维机械化、理性工具化之后，理性就丧失了原

---

① ［德］马克斯·霍克海默、西奥多·阿道尔诺：《启蒙辩证法——哲学
　断片》，22 页。此处的德语原文是"Der Animismus hatte die Sache
　beseelt，der Industrialismus versachlicht die Seelen"。原文参见 Max
　Horkheimer/Theodor W. Adorno："Dialektik der Aufklärung. Philo-
　sophische Fragmente"．In：Theodor W. Adorno：*Gesammelte*
　Schriften．Band 3. 2. Aufl. Frankfurt am Main：Suhrkamp 1984，
　S. 45.
② ［德］马克斯·霍克海默、西奥多·阿道尔诺：《启蒙辩证法——哲学
　断片》，23 页。
③ ［美］艾里希·弗洛姆：《健全的社会》，孙恺祥译，291 页，贵阳，贵
　州人民出版社，1994。

本的批判性，将一切客观化和对象化，使周围一切包括人自身都成为对象，并且将一切都置于一种总体性当中，用同一性克服所有的差异性，个人需要适应其职业的客观性以及与之相应的行为模式。面对工具理性导致的人与自然、人与人以及人与自身的异化，霍克海默和阿多诺在《启蒙辩证法》中虽然全面和深入地批判了启蒙运动的负面影响，然而他们并没有放弃对启蒙的希望。他们认为："在被占据支配地位的科学一直忽视的自然被看成是发源地的时候，启蒙才能获得自我实现，并最终自我扬弃。"①即要将启蒙理性从工具理性中还原出来，就需要为启蒙划界，重新思考启蒙的界限，恢复理性的批判精神。

二、弗里施小说《技术人法贝尔》

如果要给《启蒙辩证法》里所批判的工具理性思维寻找一个文学案例，瑞士作家马克斯·弗里施于 1957 年创作的小说《技术人法贝尔》②中的主人公法贝尔就是一

①　[德]马克斯·霍克海默、西奥多·阿道尔诺：《启蒙辩证法——哲学断片》，34 页。

②　该小说拉丁语书名原文为 Homo faber。homo 指"人"，faber 的德语解释为 Handwerker, Künstler, Arbeiter，可译作技术人。书中主人公也姓 Faber，虽然目前通行的中文译本将书名译作《能干的法贝尔》，但由于书名中的 faber 是小写的，故笔者认为将书名翻译为《技术人法贝尔》更为适合。

个以机器化思维应对万物的典型形象。当人类永恒进步的乐观主义文明论遭遇法西斯极权统治和集中营的野蛮行径后，人们开始彻底反思启蒙思想引导下的科学进步和人对他者的统治力量到底给人们带来了什么。在大多数同时代的德语作家致力于回顾第二次世界大战和描写战后的社会问题时，《技术人法贝尔》中虽然也涉及第二次世界大战对小说中人物(汉娜)命运的影响，但更重要的是这部小说中描述了文明与自然的对立，科学技术与神话、命运的碰撞，以及技术理性思维是如何抑制与排斥一切非理性因素并最终走向失败的。

主人公瓦尔特·法贝尔是联合国教科文组织派往不发达国家提供技术援助的工程师，一个不相信命运、用概率计算一切事件的技术人员，他的人生却通过短时期内的几次偶然事件而被彻底改变。在小说开头，法贝尔乘坐的飞机由于暴风雪而晚点起飞，多变的、难以计算的自然现象和可计算的、具有计划性的机器操作之间的矛盾从一开始就显现了出来。飞机由于发动机故障而在沙漠迫降，滞留沙漠的几天里法贝尔与他机上的邻座——一个来自杜塞尔多夫的德国人，有了更多的交谈，而他原本是不愿意和人有交往的。通过交谈，他得知这个叫赫伯特的德国人是他青年时代的老朋友约阿西姆的弟弟。于是，一向按计划行事的他临时决定改变出差计划，绕道危地马拉和赫伯特一起去探望阔别已久的老朋友约阿西姆。

如果说飞机迫降沙漠时小说中所描写的自然还是一种客观的存在之物，法贝尔是以冷静的、丝毫不带感情的态度来面对这一切的。比如，对于皎洁明亮的月亮，他一定要强调它是"一个可以计算的质块，它围绕着我们这颗行星运转，是万有引力的关系"①，月光下的山岩，"他显现的样子可能像太古动物的锯齿形脊背。但是我清楚：这是山岩，这是岩石，也许是火成岩，但这必须进行鉴定和证实"（21）。那么在去往危地马拉途中的自然景观则是充满敌意并让法贝尔感到恶心的。在被法贝尔称为"文明的尽头"（36）的热带雨林中，"阳光和空气都是黏糊糊的，在阳光的烤灼下，腐败的黏土散发出一种恶臭的气味，我们拭去脸上的汗水，闻到自己都发出鱼腥一般的臭味"（33）。在忍受了沿途恶劣的环境而终于抵达目的地后，两人却发现约阿西姆已经自缢身亡。约阿西姆将自己关在他那美国式的棚屋中，收音机还一直开着。收音机应该是身处原始部落的现代西方人与文明社会仅有的联系，也是他自身身份认同的象征之物。与此产生强烈对比的是，被雇用的印第安土著人虽然透过窗户就能看见约阿西姆，"尽管如此，这些印第安人仍是天天干活，却没有想到撬开门，把这个自缢身

---

① ［瑞士］马克斯·弗里施：《能干的法贝尔》，江南译，21 页，重庆，重庆出版社，2007。下文中对这部小说文本的引用都出自该中译本，对其引用时只标注引文出处的页码。

死的人放下来"(58)。

赫伯特决定留下来继续从事他哥哥的工作，法贝尔与另一位同行的艺术家马塞尔则踏上了返程。对于约阿西姆的后事，法贝尔认为本不应将其土葬，应该火化。他赞同马塞尔的说法："火是一种洁净的东西，而土壤则在一阵暴雨之后就是泥浆（我们在归途中碰到的情况就是这样），满是病菌的腐土，像凡士林一样滑溜。"(73)所谓落叶归根，人的身体作为自然界的一部分，来源于自然，在生命终结后让身体回归自然界是为了让身体继续参与自然界生命的演化过程，代表文明进步观念的法贝尔对土葬的拒斥是对人身体自然属性的排斥。同时，对火的使用一直被视为人类步入文明时代的标志——普罗米修斯盗取天火送给人类，被称为"自然科学的发明者"①，人类征服自然界的第一步可以说就是学会使用和制造火。法贝尔认为火是洁净的东西，折射出他的线性理性观念，如同人类发明机器一开始是为了减轻人的劳动，发明各种新技术的初衷往往都是为了给人的生活带来便利。这种简单化的原则最后发展到对人的生命的态度以及人死后尸身的处理方式上。到了现代，由于技术的发展，人的出生和死亡都渐渐地不再是纯粹自然的事情了。

①　Käte Meyer-Drawe：*Menschen im Spiegel ihrer Maschinen*．a. a. O.，S. 12.

在这未经文明开发之地，到处充斥着肮脏和腐臭，这是法贝尔不能忍受的。作为水利工程师，他的职责是征服自然，让自然的力量屈服于技术的力量之下，成为可控制的对象。他对自然的态度是很直接的：

> 我们要否定的是：把自然当作偶像！不然的话，就永远是老样子：也就不会有盘尼西林，不会有避雷针，不会有眼镜，不会有滴滴涕，不会有雷达，等等。我们生活在技术时代，人是大自然的主人，人是工程师。不同意这种看法的人，就不应去走并非大自然所建造的桥梁。……那就在热带丛林里再从头开始吧！(114～115)

法贝尔将技术和自然绝对地对立了起来，将自然等同于原始。同时，他还将自己所见到的肮脏的自然环境与女性的生理现象相提并论，将死亡、大地与女性联系在一起，认为人类自然繁衍后代的行为必须受到控制，"只有热带雨林才按照大自然的安排，自生自灭。人类要实行计划"(114)。法贝尔当年在面对接受工程师的工作和与汉娜结婚承担为人夫的责任之间进行选择时，毅然选择了前者，而不是等待新生命的降临。在数学思维的评判尺度中，一切自然的、随机的现象都应该如同数学公式般得出确切的答案，不规则的自然界、人类的自然繁衍都应该被置于理性的监管之下。他的控制欲望和对不可控的一切偶然性因素的抗拒所掩盖的是对控制边界之外未知事物的恐惧或者说是对其失去控制力的担心。所以他不敢正视自己所感知到的莎白与汉娜相似的直觉，也不愿相信莎白可能是自己孩子的这个事实，因为这都是在他计算之外的事。

　　对自然的排斥也表现在他对身体的正常生理现象进行的具强迫性的控制，这首先表现在刮胡子这件事上："如果不刮胡子，我将变得有点像一株植物。"(25)埃利亚斯在《文明的进程》中描述了人对自己身体和行为越来越严格的规训，技术人员法贝尔身上所体现的就是从自我控制到自我强迫的结果。对于他来说，刮胡子的另一个好处是可以避免与周围人交流，在飞机上时他取出电动剃须刀刮胡子，是"为了独自待上一刻钟"(4)。在从纽约去往巴黎的轮船上，他为了不和同舱的旅客交谈，再次拿出了刮胡刀。相比于和人相处，法贝尔更愿意和机器待在一起，他习惯于过一种机械的、有规律的生活，"如果什么都停止转动，那对我并不是休养，一切不合我习惯的生活都把我搞得十分恼火"(80)。机器的正常运转能让他感到安心，而在沙漠里的那次紧急迫降，因为没有电，电动剃须刀用不了，也没有电话可以打，这种情状让他感到焦躁。这些设备虽然没有进入他的身体，却是他维持身体"正常状态"的必备装置。

　　法贝尔对身体的强迫还表现在没完没了地淋浴这件事上。在热带丛林里行走的那几天，只要有供电，他就刮胡子，只要是可以淋浴的旅馆，他就"从早到晚淋浴"，他受不了满身是汗的状态，"因为这让人感到自己像是病人一样"。(38)后来在他已明确知道自己生了重病之后，他也是"一再淋浴以恢复精神"(38)，他这种病态的心理反映出他对身体的敌视，特别是对"不正常"的身体，他试图通过清洗自己将已经失常的身体重新置于自己的控制之下。

迪特·伦岑（Dieter Lenzen）在《疾病与健康》（"Krankheit und Gesundheit"）一文中谈到，文艺复兴将疾病看作"身体内部反常的变化"①，"谁生病了，谁就是不正常的。人们会尽一切努力，让他或她恢复正常状态。为什么呢？这和人的恐惧心理有关，首先不是对死亡的恐惧，而是担心生病的人不再正常"②。法贝尔不愿直面自己身体的病症，这表现在他前后三次为镜子里自己的病容辩解的态度上。第一次是在机场的洗手间里，他看到"那张脸像蜡一样白"(6)，他辩解说那是由于"霓虹灯灯光的关系"(6)。为了不被人看到自己的病容，他甚至拒绝上飞机。当然还有一个原因是他想回避那个令他想起过去的邻座乘客。对于自己的过去，他一直在逃

---

① Dieter Lenzen: "Krankheit und Gesundheit". In: Christoph Wulf (Hg.): *Vom Menschen. Handbuch Historische Anthropologie*. Weinheim/Basel: Beltz 1997, S. 885. 原文是"Morbus est affectus corpori contra naturam insidens. (Die Krankheit ist eine dem Körper innewohnende Widernatürliche Veränderung.)"。
② Ebd., S. 885.

避。第二次是在巴黎的饭店里，他看到镜子中自己的容貌好像是"祖先的遗容"(105)，但他在一番自我安慰后仍然"觉得自己的身体十分正常"(106)。最后一次照镜子时，他已经躺在了医院的病床上，这次连他自己都吓了一跳。他已经长时间地避免照镜子。他说："我已习惯于不照镜子……"(189)这一次他花了更长的时间才让自己平静下来，而最终他还是为自己找到了借口："也许是百叶窗投进房内淡白色的光线使得晒得红褐色的皮肤隐隐失色，不怎么白，而是有点黄。"(189)对自己身体病症的视若无睹，在于工具理性思维导致他盲目自信。他认为一切都还在自己的掌控之中，不允许自己的身体状况失常，不允许自己身体健康状况的发展偏离自己设定的轨道。他害怕失去对自己身体的控制。

法贝尔多次强调他不是瞎子："我是个技术人员，习惯于观察事物的自身情况。他们所谈到的东西，我都观察得非常清楚，我当然不是个瞎子。"(21)他的这种"选择性失明"一方面表现在他对自己患病事实的态度上，另一方面表现在他与他人的关系中。他明显感觉到自己在船上认识的年轻姑娘莎白和他曾经的恋人汉娜十分相像，他甚至暗自问道："这究竟是不是同一个人……"(76)然而他却不敢面对自己的直觉，因为他不相信巧合与偶然。当他后来得知莎白是汉娜的女儿时，他不愿相信莎白有可能是自己的孩子，"从理论上说，这是可能的事情，但是我没有想到这点，更确切地说，我不相信这件事情"(128)。他在心里默默计算，直到算出他想要的结果："她只可能是约阿西姆的孩子！我不知道，我是怎样计算的；我日期安排到能计算出符合我的想法的结果，就是这样的一种计算。"(132)

作为法贝尔的对照，小说在结尾处提到了阿明这样一个角色，他是汉娜少女时期唯一曾经信赖过的男人，阿明是盲人，"但是别人跟他讲的，他全都能够想象出来"(204)。相反，崇尚科学与理性而排斥所有非理性因素的法贝尔却不具备想象的能力。当他向汉娜问起他们的孩子出生那天的情况时，他说："我可不在场；我怎么能想象出来呢？"(204)在汉娜跟他谈到他母亲的情况时，他也只能听着，"像是一个盲人"(204)。

克劳斯·穆勒-萨尔盖特(Klaus Müller-Salget)通过小说中的神话隐喻分析了神话、技术和自然三者之间的关系，认为俄狄浦斯的神话原型在小说中的作用不只是影射无意识情况下的乱伦(此处不是指和母亲而是指和女儿)，而首先在于俄狄浦斯和斯芬克斯的对抗。斯芬克斯长着美女的头、狮子的身体，背上有着鸟的翅膀，在希腊神话中它象征着难以捉摸的自然和不可避免的死亡。俄狄浦斯通过解开斯芬克斯之谜而打败了它，成为国王，并娶了生母。他因认为自己可以解决一切谜题而变得傲慢。在多年后调查全城瘟疫的原因时他发现自己竟是瘟疫爆发的罪魁祸首。俄狄浦斯和斯芬克斯的对抗在《能干的法贝尔》中表现为技术人员法贝尔在面对自然时的高傲和自大。① 他偏执地认为，生活中的事件都可以通过分析概率和进行统计来管控，但不管是他女儿的出生还是死亡，都是他没有计算到的。一开始莎白被诊断为被毒蛇咬伤，通过注射血清已有效地控制了蛇的毒液在她体内的运行。在他以为莎白已经得救时，他问汉娜："为什么不相信统计学，却相信命运等诸如此类的玩意儿?"(149)颇具讽刺意味的是，法贝尔依靠统计学并没有计算出莎白不是因为被毒蛇咬伤，而是因为她的脑壳撞在那条细长的斜棱上形成的一道伤口没有得到及时手术治疗而死亡的。汉娜由于悲痛而情绪失控，她用拳头打法贝尔的脸。而在这整段时间里，法贝尔都"只是用双手护住眼睛"(176)。

汉娜不愿听法贝尔讲解他的统计学，法贝尔则断言说："所有的妇女都爱迷信。"他自己对于所有的神话不屑一顾。正如霍克海默和阿多诺在《启蒙辩证法》中所表述的那样，启蒙思想主张用知识代替幻想，祛除神话，确立人的主体地位。启蒙要求人们遵从自己的理性，结束对神的崇拜。它摧毁了基于非理性的信仰，自身却成为基于理性的信仰，退化为神话。在小说中，法贝尔将数学思维当作评价万物的尺度，对科学和技术的推崇达

① 参见 Klaus Müller-Salget："Max Frisch：Homo faber. Ein Bericht". In：*Interpretation. Romane des 20. Jahrhunderts.* Band 2. Stuttgart：Reclam 1993，S. 106f.

到了盲目的地步，也成为一种迷信。由于他的这种机械思维导致了片面的世界观，克劳斯·穆勒-萨尔盖特也将他评判为"片面的人"（vereinseitigte Person）①。

法贝尔思维的机械化使得他将自然和人都对象化为客观存在，自然、女性和他自己的身体都成为他理性精神的对立物。女性在他的生活中并不是必需的，工作才是他的伴侣："我早就习惯于孤独一人旅行。我像每个真正的男人一样，沉醉于我的工作。"（97）首次航空旅行的途中在与邻座赫伯特交谈时，他谈到了其他民族，这时他第一次表现出了身为白种男性的优越感："他（赫伯特）了解伊凡②，只有用武器才能教训他""亚洲人总是亚洲人"（4）。法贝尔对南美印第安人的评价是："十分温良，非常平和，真正的心地纯洁的。"（38）他认为那是一个"女性化的种族，让人心情不安，然而他们是无害的"③。法贝尔第二次去危地马拉探访接替自己哥哥在那儿工作的赫伯特时，询问赫伯特是打算继续留下还是返回杜塞尔多夫，而赫伯特没有回答。法贝尔失望地表

---

① Klaus Müller-Salget："Max Frisch：Homo faber．Ein Bericht"．In：*Interpretation．Romane des 20．Jahrhunderts*．Band 2．a．a．O．，S．114．

② "伊凡"是对俄国人的泛称，参见该页中译本脚注。

③ 此处原文为"Ein weibisches Volk，unheimlich，dabei harmlos"。参见 Max Frisch：*Homo faber．Ein Bericht*．Frankfurt am Main：Suhrkamp 1977，S．44．该书中译本将 weibisch 译作"软弱的"，笔者认为这不能很好地体现法贝尔对待女性和其他种族态度的联系，故依据德文将其译作"女性化的"。

示："赫伯特像是一个印第安人。"①当他与汉娜在多年后重逢时，他也将汉娜的脸形容为"一张年老印第安人的脸"(136)。甚至在他最后患重病躺在医院里时，他将镜子中自己的形象也同印第安人做了比较："瘦得像在帕伦克给我们指点湿漉漉墓室的那个印第安老人。"(188)所有不符合他工具理性价值尺度的事物，如未经文明开化的自然，表现出女性化特征的、弱势的人或种族，甚至他自己不受控制的身体都被法贝尔视作"他者"，与之相对的则是他极端推崇的数学思维和理性精神。

法贝尔曾多次强调孑然一身对于他的重要性，他不愿同女性维持稳定的关系，这一点尤其体现在他与自己纽约的同居女友、时装模特艾维的关系上。法贝尔对女性的态度都在艾维身上集中地表现了出来："艾维就是缠人的常春藤，实际上我管所有的女人都叫常春藤。我愿意孤独一人！"(97)莫娜·克纳普(Mona Knapp)从女性主义视角分析艾维在这部小说中的作用，认为："艾维是弗里施小说中最可怜的形象之一。她唯一的作用在于，她自身以及间接地还有她的同类，作为无脑的木偶人和男性世界里的寄生物而存在。"②艾维代表着一种美

---

① Max Frisch: *Homo faber*. *Ein Bericht*. a. a. O. , S. 199.
② Mona Knapp: "Moderner Ödipus oder blinder Anpasser? Anmerkungen zum Homo faber aus feministischer Sicht ". In: Walter Schmitz (Hg.): *Frischs Homo faber*. *Materialien*. Frankfurt am Main: Suhrkamp 1983，S. 195.

国式的生活方式，在法贝尔眼中，她是和衣服、汽车等物质联系在一起的："我以为，她是按照车辆的颜色来挑选她的衣服。但我不知道，她是按照她的口红来挑选车辆的颜色，还是反过来按照车辆的颜色来挑选她的口红。"(29)她本人也被物化成没有思想的木偶人："她站在那儿像是一尊服装模特儿。"(70)①除了知道她来自布朗克斯，法贝尔承认自己对她一无所知。"她的身段像小伙子一样，只有她的胸部非常具有女性的特点，她的臀部瘦削，当时装模特儿就要这种身材。"(69)

法贝尔习惯于从审视者的角度打量女性的身体。在这种"看"的动作中，他作为施行动作的主体，将女性的身体视为具有性意味的审美客体。这种"看"本身，就体现着不平等的性别权力关系。不仅是艾维和他在船上打量过的那一群美国女人，在与莎白的关系中，他也由始至终没有将其当作平等的对象来对待。法贝尔首次见到她时被她扎成马尾的长发吸引，他只能从背影去观察这个姑娘："我瞧不见她的脸，只看到她的金黄色或带红色的马尾式长发，随着她的头部摆动而晃来晃去……我注意这个姑娘，完全是由于她的长发在我眼前晃动了至少有半小时之久。"(74)马尾、黑色牛仔裤、草鞋底帆布

---

① 此处的"服装模特儿"指的不是职业，而是服装店用于展示衣服的塑料假人。原文为"Sie stand wie eine Kleiderpuppe"。参见 Max Frisch: *Homo faber. Ein Bericht*. a. a. O., S. 76.

鞋，抛开这些外部符号，法贝尔很少谈论她的性格，尽管他曾经向这个女孩求婚，但即刻便后悔："我讲了绝不想讲的话，但是话已出口，我享受着我们彼此的沉默，我重新恢复冷静。"（102）他将莎白看作孩子，或者说"把一个孩子，当作成年的女人，或是把一个成年的女人看作孩子，这连我自己都闹不清楚"（123）。他与被形容为"常春藤"的艾维和与被当作孩子的莎白交往，都不会触及他作为男性的优越感，相反，她们对他的依赖更是强化了女性之于他的客体性。而汉娜则不同，她是与法贝尔相对立的独立的个体。她一个人抚养孩子长大，并成就了一番事业。法贝尔在了解了汉娜的生活状况后说："我已经看到，没有跟一个姑娘结过婚这种通常的内疚已经被证明是多余的。汉娜不需要我。"（145）尽管从另一方面看，这也是法贝尔习惯性地为了开解自己而寻找的说辞。

　　法贝尔对自己身体的控制还表现在他对自己性欲的控制上，如同韦伯所描述的清教徒入世禁欲型的生活样式，使自己的理性人格免受"感情"的扰乱。他试图同艾维分手，见面时却又难以抵抗她的身体对自己的诱惑。为此，他不仅憎恨引诱者，也憎恨自己。在父系社会的神话和宗教中，性的邪恶都是和女性联系在一起的。希腊神话中潘多拉的盒子或者《圣经·创世纪》中的人类被逐出伊甸园，都是因为女性用自己的性魅力引诱男性而导致男性以及整个人类陷入了不幸。利特·波勒（Liette

Bohler)在《马克斯·弗里施作品中的女性神话》(*Der Mythos der Weiblichkeit im Werke Max Frischs*)中指出，在父权主义的文学语境中，女性通常是与不可抑止的激情和非理性联系在一起的。[①] 法贝尔将自己对性欲的恐惧投放在艾维的身上，认为艾维在与他的关系中的唯一的乐趣在于通过引诱他而侮辱他："我认为，艾维是要我憎恨自己，她引诱我纯粹是要我憎恨自己。同时，侮辱我又是她的乐趣，我能给她的唯一的乐趣。"(70)

令法贝尔感到不安的不是艾维，而是一切不可控的因素和现象。相比于和人打交道时的不确定性，他认为机器更加具有优越性，因为机器处理信息胜过人的大脑：

> 从前一个数学家需要花费一生的时间去解决的任务，它在几个小时内就可以解决，而且解决得更加准确可靠，因为它，机器，什么也不会遗忘，它能把一切接收到的信息——比人脑所能接受的更多——纳入它的概率估计中去。但主要的是：机器没有任何生活经历，它没有恐惧，也没有希望，而这些只会起干扰作用，它没有跟结果有干系的愿望，它按照概率的纯逻辑工作。因此我断言，机器人的认识比人精确，它比我们更了解未来，因为它

---

① 参见 Liette Bohler: *Der Mythos der Weiblichkeit im Werke Max Frischs*. New York: Lang 1998, S. 28f.

> 计算出未来，而不是空想出，梦想出未来，它受自
> 身的结果所控制(反馈)，所以不可能搞错；机器人
> 不需要预感……(79~80)

　　他将机器作为自己思维和行动的典范，希望可以像
机器一样，将一切化约为数字序列和数学题，没有情
感。他排斥一切非理性的因素和不在自己理性认知范围
内的东西，并认为人应该从上帝的手中接过控制权，成
为大自然的主人，同时要规划和控制人口生育。他对待
人的身体也像对待机器一般，认为生病的身体修理一下
就好了。针对他这种盲目自信，颇具讽刺意味的是，他
既没有料到自己女儿的出生，也没有如愿根据统计学原
理计算出女儿的意外死亡。因为他毕竟是人，不是机
器，所以他对情感的压抑，对自然的排斥，对事实的回
避，都没有成功。如同汉娜在最后对法贝尔的评价，即
他"不把生活当作形态而当作单纯的加法来对待"，然而
"生活不是材料，不是用技术可以征服的"。(188)法贝
尔用工具理性思维控制自然和身体的企图最后以失败告
终，技术时代的科学技术万能论也被打上了一个问号。
　　此外，随着技术和机器的发展，机器已经逐渐从工
厂转移到了家庭，不只是工厂里操作机器的工人，现代
人都过上了有机器的生活。机器进入了家庭，或成为人
的体外装置，不同于工厂中大型机器的核心地位和霸权
性地位，家用机器在与人的关系中主要是服务于人，并

拓展人的能力。在小说中，技术工程师法贝尔只要"看到机器运转，总是感到心情高兴"（91）。他内心不愿意和任何女人保持长久稳定的关系，认为独自生活反倒更惬意，但他每次旅行却都一定会携带电动剃须刀、打字机和照相机。这些机器甚至进入了他的情感领域，成了他的伴侣。当他不愿意和现实中的人进行交流时，他就拿出剃须刀，只是为了可以和自己单独相处。一旦因为没有电源或者剃须刀本身出了毛病，他就会感到焦躁不安。同样，在沙漠里没有电话可以用，也让他感到焦躁。这些机器虽然没有进入人的身体，但在某种程度上成了人的体外装置，是现代人正常生活中无法舍弃的一部分。这一点尤其表现在如今智能手机与人的关系中。从这个角度来看，在发表于 20 世纪 50 年代的小说《技术人法贝尔》中，弗里施敏锐地洞察到了现代人与机器之间的一种全新关系，机器从人的对立物发展成为人的伴侣，导致了孤独的个体的出现，并为机器进一步同人的身体组装在一起做了铺垫。

第六章　智能技术时代人与机器的关系

一、机器的智能化和人的机器化

18 世纪制造机械机器人的发展历史已经表明，人有制造和自己相似的机器人的愿望。人在外部世界重构自身是为了更好地理解自身，但这种重构也不是没有危险的，造型完美的机器人引发了人的忧虑，人担心机器会成为在技能上优于人本身的人造双影人（Doppelgänger）。劳动机器的出现让人与机器、"样本和仿制品"之间的地位发生了颠倒："对于机器来说不轻松的事，人则更没法完成。"①基因复制技术的出现，从理论上证明已经可能克隆出与人完全一样的复制品，将人对于失去自己独

---

① 　Anne Fleig："Automaten mit Köpfchen. Lebendige Maschinen und künstliche Menschen im 18. Jahrhundert". In：Annette Barkhaus/ Anne Fleig（Hg.）：*Grenzverläufe. Der Körper als Schnitt-Stelle*. a. a. O. ，S. 125.

一无二特性的恐惧推到了极顶。

海德格尔的学生、西方马克思主义技术批判哲学家京特·安德斯（Günther Anders）在《过时的人》（*Die Antiquiertheit des Menschen*）第 1 卷中提出了"普罗米修斯的羞愧"的概念，即作为创造者的人"在自己制造的产品的质量面前感到一种自叹不如的羞愧"①。在古希腊神话中，普罗米修斯照着神的模样用泥土和水塑成了人，并盗取天火送给人类，所以普罗米修斯一直被认为是创造者的化身。然而在工业技术时代却出现了这种"创造物和造物主的倒置"②，人在面对诸如电脑这样的产品时既感到害怕又感到羞愧，害怕的是电脑的功能会超越人类，羞愧的是人脑不如电脑。我们可以说，在这种情形下，人是以机器的标准和视角来看待自己的，这是另一种形式的人的物化。

现代的机器人制造技术（Robotik）和人工智能（künstliche Intelligenz）的研究大多是以人作为样本的，既有对人的外貌上的模仿，也有对人的思维方式的模仿。现代机器（moderne Maschine，包括现有的和研发中的机器）在行动和与人的互动中都明显地区别于传统的机器。后者的行动是被限定的，是根据程序来进行

---

① ［德］京特·安德斯：《过时的人》第 1 卷，范捷平译，3 页，上海，上海译文出版社，2010。

② ［德］京特·安德斯：《过时的人》第 1 卷，6 页。

的，没有根据环境变化而自己更改设置的能力，其行为
是可预见的，发生故障时在通常情况下是可识别的，它
扩大了人的活动可能性，但其自身的能力是已被限定
的。而这种情况已经逐渐开始发生改变，现代机器（尤
其是在研发中的机器）能自己解决问题，感知环境，在
一定程度上自主地做决定。问题在于，这些决定可能是
无法预期或估计的，这也就使得人们担心对于未来的机
器会失去控制。① 美国长年从事科技报道的记者、普利
策奖得主约翰·马尔科夫(John Markoff)在《与机器人共
舞》(*Machines of Loving Grace*)一书中讲述了"人工智
能"和"智能增强"这两个计算机研究的不同方向之间的
区别：

　　1964 年，曾提出"人工智能"(artificial intelli-
gence，AI)概念的数学家、计算机科学家约翰·麦
卡锡(John McCarthy)开始着手研发一系列技术，
试图模拟人类能力，他原以为这个项目在 10 年内
就可以完成。与此同时，在校园的另一边，一心打
算"用自己的技术让世界变得更美好"的梦想家道格
拉斯·恩格尔巴特(Douglas Engelbart)坚信，计算

---

① 参见 Susanne Beck："Roboter und Cyborgs - Erobern sie unsere Welt?" In：
dies．(Hg.)：*Jenseits von Mensch und Maschine*．Baden-Baden：Nomos
2012，S. 14f.

机可以被用来加强或扩展人类的能力，而非模仿或取代这些能力。他开始构建系统，使小组内的知识分子们可以快速地提高智力，协同工作。一位研究人员开始用智能机器取代人类，而另一位则开始扩展人类的能力。当然，他们的研究既存在联系，又互相排斥。这里存在的悖论是，同样的技术既有可能延伸人类智力，也有可能取代人类。①

正因为在人工智能提高人类能力并扩展其范围的同时也存在由其取代人的可能性，并且这在很多领域已经逐渐成为现实，于是书中围绕"智能机器将成为我们的奴隶、伙伴还是主人"②这一问题的过去和将来进行了探讨，并试图探索出一条人与智能机器共存的道路。

从 18 世纪开始，人类就面临一个问题："是否人制造出来的东西，事实上都能被人控制。"③在机器帮助人掌控自然、满足人从自然的状态中脱离出来的需求的同时，也存在着风险，即机器发展出被人忽视的"自我能动性"，获得会危及人类的优势。通过科学技术掌控自然一直是许多哲学家批判的对象，如阿多诺、霍克海默

---

① ［美］约翰·马尔科夫：《与机器人共舞》，郭雪译，X 页，杭州，浙江人民出版社，2015。

② ［美］约翰·马尔科夫：《与机器人共舞》，VI 页。

③ Käte Meyer-Drawe：*Menschen im Spiegel ihrer Maschinen*. a. a. O.，S. 80.

在《启蒙辩证法》中对于在文明进程中人类由于征服自然的贪念导致的人在与自己以及自然的关系之中异化的批评。① 京特·安德斯在《过时的人》第 2 卷中提出了"技术官僚主义"②(Technokratie)的概念。人从最开始揭示世界和事物的秘密到发现它们的可利用性，从"使用工具的人"(homo faber)演变成"从事制造的人"(homo crea-tor)③，且越来越不满足于仅仅对外界自然的开发，而将目光转移到对人自身进行改造和制造，将人作为"原材料"。为了阐述人类对自然界的干预，安德斯列举了被用于制造原子弹的 94 号化学元素"钚"。这个化学元素"只是成了上帝的人创造出的东西，也就是说，通过对铀 238 的处理加工，才出现在存在的和自然的范畴之中(这也是在自然界中最具危险性的危险元素)"④。像这种本身并不存在于自然界之中的、在人的创造和生产过程中而出现的有意识导向的变种元素，成为自然界中的新成员。将人的这种创造类推到对人类自身进行的改造，安德斯一方面提到了第二次世界大战时期纳粹对犹太人进行的人体实验，另一方面则提出了在生物技术时代对人类这个物种更具威胁的"克隆"技术，包括对基因

---

① 　参见 Max Horkheimer/Theodor Adorno：*Dialektik der Aufklärung*. Frankfurt am Main：Suhrkamp 1981.
② 　［德］京特·安德斯：《过时的人》第 2 卷，1 页。
③ 　［德］京特·安德斯：《过时的人》第 2 卷，7 页。
④ 　［德］京特·安德斯：《过时的人》第 2 卷，8 页。

进行人工处理的基因改造技术。安德斯不无担忧地指出："如果作为'原材料'的人可以任意（ad libitum）让人使用的话，那么人的本质问题就失去了任何意义。"①

　　相对于安德斯这种持技术悲观主义态度的哲学家对科学进步尤其是核能和基因技术这类可能危及人类安全的现代技术的排斥，也有哲学家如汉斯·布鲁门伯格坚信科学技术进步对于现代人极度的重要性。布鲁门伯格尤其肯定了医学在减轻人的病痛方面取得的进步。他在《全部的恒星》（Die Vollzähligkeit der Sterne）一书中说道："在麻醉状态下，手术使人避免感受到剧痛的历史刚好一百年时间……而现在人们才可以过上没有牙痛的生活。"②他批评那些看不到人类进步的好处而一味悲观的人。

　　达尔文进化论学说的提出，一方面推翻了人作为上帝创造的万灵之首的地位，另一方面也让人看到了人的自由发展和身体限度延伸的可能。生物医学对身体的介入已不局限于对疾病的治疗，通过技术手段，可以达到延缓衰老或美容整形的目的，或是用更加"优化的"仿生器官代替自然器官，提高人的身体机能。③ 生物基因技

---

① ［德］京特·安德斯：《过时的人》第 2 卷，11 页。
② Hans Blumenberg: Die Vollzähligkeit der Sterne. Frankfurt am Main: Reclam 1997，S. 188.
③ 对于仿生器官能增强人体感知能力的介绍可参见 Susanne Beck: "Roboter und Cyborgs - Erobern sie unsere Welt?" In: ders. (Hg.): Jenseits von Mensch und Maschine. a. a. O. , S. 12.

术的进步给人们提出了一个迫在眉睫的问题："是否我们所有有能力做的事，都应该做。"①

　　不管是机器的智能化还是人的机器化都成为伦理学领域近来讨论的热点，形成了机器伦理的话题。伦理学领域的讨论一方面围绕研发与人相似的机器人的许可，以及人与机器交往时对人的保护；另一方面则涉及人的机器化，即在机器或人造材料进入人的身体的情况下如何应对与之相关的健康风险，以及用机器扩展人的能力范围的限度和条件。② 从传统机器到现代机器的发展也引出了法律上的实际的和理论的问题，如需要明确，在何种程度上使用者需要对一个自动化程度越来越高甚至可以自己做决定的机器负责任，如人在使用汽车的自动倒车和自动驾驶系统引发交通事故时责任的认定。同样需要讨论在军事和医疗领域使用自动化机器时制定新的责任方案，以划分人和机器的任务和责任，机器承担的责任涉及参与设计、生产和使用机器的各环节的人员。另外还有心理学和社会学方面的讨论，担心人在过多地使用智能机器之后，人的人际交往能力的下降会导致人际关系的异化。③

---

① Käte Meyer-Drawe: *Menschen im Spiegel ihrer Maschinen*. a. a. O. , S. 22.
② 参见 Susanne Beck: "Roboter und Cyborgs - Erobern sie unsere Welt?" In: ders. (Hg.): *Jenseits von Mensch und Maschine*. a. a. O. , S. 18.
③ 参见 ebd. , S. 16.

科学技术的进一步发展是不可避免的，面对越来越多已知的以及未知的随之而来、与之相关的问题时，人文科学除了要对现在已经出现的科学研究成果做出反应外，还要对科学发展的未来做出设想和展望，并从伦理、道德和法律方面提出需要考虑的问题。不要等到出现无法挽回的后果再进行批评，参与科学技术发展的讨论要成为人文科学界在面对技术发展时的新的态度。

二、生物技术介入人体后人的自我理解

普罗米修斯盗取天火送给人类，他一方面被称为"自然科学的发明者"，另一方面也被批评是"破坏了人类的安宁".[1] 伴随科学技术的发展，对技术进步的赞扬和批判一直并存。人类越来越不满足于在造物主制定的秩序中生活，越来越想要发挥自己的创造力，模仿上帝打造自己的世界，这不仅包括对人工智能机器(künstliche Intelligenz)的研究，还有对人造的生活环境(künstliches Leben)的设计，从中我们都可以看出人在试图将自己放到造物主的位置上，而这一由人替代上帝创造"第二自然"的进程也被称为"第八天"[2]。

---

[1] Käte Meyer-Drawe: *Menschen im Spiegel ihrer Maschinen*. a. a. O. , S. 12.

[2] Ebd. , S. 12.

　　生物医学的发展促进了人的自我技术（Selbsttechni-sierung）的发展，人体的机器化（Mechanisierung des Menschen）不再与身体的机器类比有关。在医学实践中，人造材料真实地进入了人的身体，成为人体的一部分，如多年前已经在医学界投入使用的人造关节（künstliche Gelenke）和心脏起搏器（Herzschrittmacher）。研究表明，这些器件虽然可能会影响身体的感知功能，但并未改变病人的人格。"大脑起搏器"（Hirnschrittmacher）通过对大脑进行刺激可以减轻帕金森（Parkinson）病人的症状，但被证明会对人的情绪和感觉产生影响，甚至可能会通过影响人的想法而改变其人格。研究中的"微型机器人"（Nanobots）则被期望用于在人体内察证身体的变化而根据情况进行相应的修复。除此之外，人造感觉器官（künstliche Sinnesorgane）和人造神经网（Nerven-verbindung）的研发和投入使用也在不断增多。[①]

　　在现代医学的背景下，人的出生和死亡都不再是单纯的个体性命运，生物技术的研究和实践介入了人的出生、死亡和患病，人的存在的自然状态（Natürlichkeit）成了疑问。同时，"自然的"这一概念在一定程度上成为对美观的定位，如在外科整形手术中，对人造技术成功的定义在于在技术介入后人看起来仍然是"自然的"和身

①　以上对人造材料和人造机器在人体内使用的研究和实践介绍参见 Susanne Beck: "Roboter und Cyborgs - Erobern sie unsere Welt?" In: ders. (Hg.): *Jenseits von Mensch und Maschine*. a. a. O. , S. 10f.

上没有留下技术痕迹的。[①] 自然的和人造的之间的界限变得模糊，器官移植和基因复制技术让人担心自己"独一无二"的地位会受到挑战。1997 年年初，英国科学家对外宣布克隆羊多利成功"制造"的消息在全球范围内引起了轰动，从理论上说该技术也可以在人的身上应用，故而引发了 20 世纪末、21 世纪初从伦理道德和法律各方面针对基因复制技术的争论。

克隆人的设想使得人在进行自我定义时面临极大的挑战。如果说针对克隆人问题的讨论目前还停留在理论探讨层面和科幻小说中，那么"赛博格"（Cyborg）这一概念则是近年来机器伦理学和人类学领域一个更为实际的问题，哲学伦理学家扬-克里斯托夫•海凌格（Jan-Christoph Heilinger）和奥利弗•穆勒（Oliver Müller）在《赛博格和对人的追问》（"Der Cyborg und die Frage nach dem Menschen"）一文的开篇就说道："谈论'赛博格'，其实是为了谈论人自身。'赛博格'只是人用于定义人自身时使用的诸多对立概念或界限概念之一，动物和上帝则是最为传统的对立模型。"[②]Cyborg 一词是由 cybernetic（自

---

① 参见 Annette Barkhaus/Anne Fleig："Körperdimensionen oder die unmögliche Rede von Unverfügbarem". In: dies. (Hg.): *Grenzverläufe. Der Körper als Schnitt-Stelle*. München: Fink 2002，S. 12.

② Jan-Christoph Heilinger/Oliver Müller："Der Cyborg und die Frage nach dem Menschen. Kritische Überlegungen zum 'homo arte emendatus et correctus'". In: *Jahrbuch für kritische Wissenschaft und Ethik* 12（2007），S. 21.

动控制的)和 organism(有机体)两个词构成的合成词。所以"赛博格"指的是合成体，是在有机体(通常是人)的基础上添加或扩充机器装置。① "赛博格"不是"人形机器人"(Android)，后者只是人形的机器，是"机器人"(Roboter)的一种，其先驱是 18 世纪就在欧洲盛行的机械机器人。而"赛博格"是人和机器的合成体，是对人体的改造，是身体的一部分被电子装置或机械装置代替的人。其在医学上的应用可帮助病人重获失去的肢体或功能，甚至让人获得一些他本来不具有的新的功能。这涉及对"赛博格"定义的中心问题："在生物体中技术装置部分需要占到多大比例，生物体才会被作为'赛博格'而不是人来看待。"②在《赛博格和对人的追问》一文中还提到了与此相关的另一个术语 Fyborg。Fyborg 一词是 functional(功能的)和 cyborg 的合成词，用于表达借助各种

---

① "赛博格"这一概念最早是由 Manfred E. Clynes 和 Nathan S. Kline 于 1960 年在 *Astronautics* 杂志上发表的"Cyborgs and space"一文中提出的。1985 年，女权主义者哈拉维(Donna Haraway)发表了一篇题为《赛博宣言》("Manifesto for Cyborgs: Science, Technology, and Socialist Feminism in the 1980's")的论文。在其中，她通过使用"赛博格"这一术语，讨论了女权主义面临的问题。更多关于赛博格的定义和界定的讨论还可参见 Jan-Christoph Heilinger/Oliver Müller: "Der Cyborg und die Frage nach dem Menschen. Kritische Überlegungen zum 'homo arte emendatus et correctus'". In: *Jahrbuch für Wissenschaft und Ethik* 12 (2007), S. 21-44.
② Ebd., S. 23. 同时需要指出的是，在目前生物医学发展的背景下，人自身的技术化指的是用机器或人造器件替换或扩展原本的身体部位，即着眼的重点不是社会层面技术理性的进程，而是在生物医学角度技术化了的个体。

技术性辅助工具生活的人，即用技术性辅助工具或机器装备起来的人，其中包括隐形眼镜、助听装置、电脑和手机。在这种意义上，如今的大多数的人都可以算作Fyborg。[①] 所以对"赛博格"的讨论在于划定用机器装备起来的人和人机合成体之间的界限，包括在数量上和质量上机器设备进入人体的程度。以"赛博格"为参照物，则涉及人的自我技术的可能性和边界，以及在生物技术时代人进行自我理解时面临的挑战，在不断增加的自我技术的背景下勾画新的人的存在的条件 conditio humana[②]。

"赛博格"同时也是科幻小说和科幻电影的热门主题之一。德国科幻作家安德利亚斯·艾施巴赫（Andreas Eschbach)在 2003 年发表的小说《最后的幸存者》（*Der*

[①] 参见 Jan-Christoph Heilinger/Oliver Müller: "Der Cyborg und die Frage nach dem Menschen. Kritische Überlegungen zum 'homo arte emendatus et correctus'". In: *Jahrbuch für Wissenschaft und Ethik* 12 (2007), S. 27.

[②] conditio humana：拉丁文，英语意为 the human condition；在 *Historisches Wörterbuch der Rhetorik*（《修辞学历史词典》）中的定义为"对人的基本状态的描述，以及人所处的境况、状态、领域、使命和问题，是对人的存在条件的总称，根据人的自然属性而设立的边界、结构和规则的总体概念"。德语原文为"Der Begriff C. steht für die dem Menschen eigene Grundverfassung, dann auch für Situation, Stand, Bereich, Bestimmung, Problematik des Menschen. Er ist Sammelbezeichnung für Bedingungen und Aspekte des Menschseins; Inbegriff der Grenzen, Strukturen und Gesetze, die dem Menschenwesen seiner eigenen Natur gemäß auferlegt sind"。参见 Gert Ueding (Hg.): *Historisches Wörterbuch der Rhetorik*. Band 2: *Bie - Eul*. Tübingen: Niemeyer 1994，S. 337.

Letzte seiner Art）①中讲述的就是一个经过技术改造的人机合成体的命运。主人公杜安纳按照美国军方制造超级士兵的秘密计划被改造为"赛博格"，而在秘密计划由于技术原因被终止后，包括杜安纳在内的失败的实验品"赛博格"在美国政府的供养下各自过着隐居的生活。直到有一天，他得知美国军方企图销毁当年实验的证据，而其他几名"赛博格"已经相继失踪后，他开始了自己的逃亡生涯。小说在叙述上没有采用好莱坞动作片式的紧张的情节安排，更多关注的是作为半人半机器存在的杜安纳内心的折磨与挣扎。在经历多次技术改造之后，他已然不知道自己从什么时候开始就已经不再是一个普通人了。在孤独和痛苦中，他选择通过阅读古罗马哲学家塞内卡（Lucius Annaeus Seneca）的哲学著作来寻找精神慰藉。

　　文学作品中的人机合成体从幻想走入现实，表达了人类希望增强人体功能的美好愿望，同时人类也担心自己的地位受到挑战，担心技术的发展会超出自己的掌控范围。人体的机器化和技术化引发了人关于自身界限的思考：在哪种程度上，人还是传统意义上的人？作为生物技术时代的"他者"，以人的外形为模本的"机器人"、人和机器的合成体"赛博格"以及目前只出现在科幻小说中的"克隆人"，成为人在自我理解过程中的新的参照模型。

---

① Andreas Eschbach：*Der Letzte seiner Art*. Köln：Bastei Lübbe 2003.

结　语

在回顾技术概念时我们可以发现，19 世纪以前的技术是指艺术和手工业劳作中的技能和技巧，而随着技术的发展，从 19 世纪末开始，它更多地是指在精确的科学基础之上，人根据规则对自然力量的掌控。它本身不再单纯作为实现其他目的的手段，而有了自身的目的，即借助机器实现对人类社会和自然的掌控。如同海德格尔在《追问技术》一文中所认为的，在人与技术的关系中，是技术规定着技术时代的人按照技术的方式去活动。机器除了是技术发展的产物和实现技术统治目的的工具，机器的概念也有其历史性，在不同的历史时期和语境下有不同的含义。本书正是由于考虑到机器概念的历史性及其在不同语境下的多义性，从文化学的角度探讨启蒙运动以来德语文学作品中不同类型的机器和模型与人之间的关系及其对人的影响。

在 18 世纪人与机器的关系中，在理论上人被比作一台机器，在现实中人们又以自身为模本制造出能模仿人的行为的机械机器人。这种机械机器人反映了人在外部世界重构自身从而理解自我的愿望，它是人的类比物，是对人进行的仿造。其评判标准在于其逼真度，看起来越自然，就表明机器人制造得越完美。复制品同原件在外观上越来越相似的同时也让人感受到自己独一无二地位的危机，人会担心无法同自己的复制品区别开来，甚至担心自己会被超越，尤其是当时即颇具争议的"下象棋的人"引发了机器人是否可以思考、人的精神能否被复制的猜测。尽管由于认知的局限性，在当时人们还不太能区分技术与魔力，但人们在面对机器时的期望与恐惧并存的矛盾心理就已经显现了出来。18世纪时作为宫廷玩乐机器的机械机器人中的很大一部分是以钟表技术作为技术支撑的，机械钟表本身就是一种自动装置。齿轮钟表发明后越来越精确的时间测量影响到社会和人的生活的各个层面，时间的量化是社会理性化进程的基础，人的生活为抽象的时间组织，每个行为都可以被规划为等同的并且是可计算的步骤，这也促成了人的行为方式的规范化和理性化。在18世纪，由贵族阶层和崛起中的市民阶层构成的社会群体出于自我定位的需要和确立该群体独有的行为习惯的必要，形成了与他者控制无关的自我控制，也逐渐导致了人的行为和思维的机械化趋势。这种"人造的"模型和"自然的"原件之间的对立关系从一开始就不是固定不变的。

　　在1800年前后的德语文学作品中，克莱斯特在《论木偶戏》中以跳舞的木偶为参照，重新界定了人同上帝、动物、机器的关系，拥有无限意识的神、彻底无意识的机器和具有自然自发性的动物都处于完满的状态，而人却由于理性对身体的控制导致了精神与肉体之间一致性的缺失，理性思维破坏了身体与精神统一和谐的美感，所以人不得不在寻求完满的道路上一直跋涉。让·保尔在他的早期作品《人是天使制造的机器》中将人与自己制造的机器做对比，在肯定人的优越性的同时，也将当时人们用知识支配世界的启蒙进步观念同人对自我存在的边界的思考联系了起来。E. T. A. 霍夫曼在断片体小说《机器人》中将真实存在的机械机器人同文学性的想象力结合起来，塑造了一对性格对比鲜明的大学生朋友形象：费迪南德对一切神秘之物都充满了兴趣，并且乐于将自己置身于难以解释的现象之中；路德维希则善于用理性思维冷静地分析其所见所闻。类似的人物个性对比也出现在霍夫曼之后创作的小说《沙人》中：纳塔奈尔同费迪南德一样充满着好奇心，喜欢用魔力去解释各种事物和现象；克拉拉则和路德维希一样扮演着理性教化者的角色，用科学理论和心理分析法去解释为同伴所坚信的魔力。纳塔奈尔幼年时曾偷窥父亲和"沙人"科佩琉斯所从事的人造人实验，被发现后他不仅差点失去被喻为"灵魂"的眼睛，他的身体还被当作机器一般对待，这样的经历为他后来混淆机器人和真人做了铺垫，即在他的认知中，将人的肢体和机器的部件相提并论是可行的，埋藏在内心的恐惧造成了他黑暗的认知基调，也导致他形成用幻想代替现实的习惯。如果说那段童年经历给他造成的失去"灵魂"的恐惧影响的只是他的内心，让他沉溺于黑暗的幻想之中，那么晴雨表商人科佩拉卖给他望远镜则相当于卖给他一对人造的眼睛，偷换了他的视角，从那之后他眼中的木偶人奥林皮娅就开始"拥有了生命"。他将自己的内心完全投放到了奥林皮娅的身上，奥林皮娅成了他的镜子。他认为可以与奥林皮娅互动是因为他赋予了木偶人以灵魂，他对奥林皮娅的爱其实是对他的自我的爱，所以奥林皮娅被撕扯来撕扯去的场面能够让他感同身受，童年经历造成的恐惧再次浮上他的心头，他最终精神崩溃而疯癫。机械机器人奥林皮娅具备弹钢琴、唱歌和跳舞的能力，她基本上是当时受过教育的市民女性的典范。在这种层面上，行为机械的木偶人也是 18 世纪以来市民社会中伴随文明进程形成的被规训和被理性化了的一类人的参照。针对人体的机器比喻一方面代表着将人体当作机器来对待的思想萌芽，另一方面也要求人对自我的行为举止进行规范和控制。1800 年前后以霍夫曼为代表的作家在文学创作中针对机器人主题的探讨，是当时的人进行自我理解的一种尝试，是在科学和技术成为解释世界和人自身的主导思潮下，人面对自己通过技术手段为自己制造的"双影人"时对自我身份的思考。

伴随工业革命的发展，当埃利亚斯在文明的进程中描述的理性化从 18 世纪由社会中上阶层的行为标准和在机械机器人身上的完美展示过渡到物质生产领域，以生产为目的的劳动机器替代了仅仅能制造娱乐效果和在外形与能力方面对人进行了模仿的机械机器人。劳动机器不再追求与人相似，并且不再被与人相比较，它替代人从事生产劳动，受技术规范的支配，追求机械效率。机器从人的类比物发展为人的等价物。在马克思的理论体系中，机器化大工业导致的是工人与机器间主客关系的逆转，人成为机器的附属，受到机器的奴役，工业技术成为与工人相对立的一种异己的、敌对的和统治型力量。与马克思社会批判理论的立场不同，海德格尔站在纯粹哲学思辨的角度，从反思自笛卡尔以来的现代形而上学和世界成为图像之间的关系出发，围绕存在的真理，追问现代技术的本质。主体与客体的二元对立作为人的控制的开端，人通过将世界把握为图像而确立自己的主体地位，并且力求成为给予一切存在物以尺度和准绳的存在者、对一切事物施行计算和计划的无限制的暴力。然而，人在向自然"逼索"的同时，在现代技术中，人同样地被"逼索"，被迫像自然提供能量一样使自己成为可用的，根据有用性和功能性被分类、被"预置"。在技术时代，人和自然都被卷进现代技术的旋涡之中，技术规定着人按照技术的方式去活动，原有的主客关系被颠覆了，人自身也成为对象，导致了人的主体性的丧失。

　　相对于劳动机器与工人的关系，火车作为一种交通工具，在更广的范围内让普通人亲身体验到工业化的影响。从准确计时的机械钟表的发明，到社会生活中理性交往模式的形成，再到手工作坊和工厂中的劳动分工，铁路使得抽象的时间最终成为普遍的经验。如果说机械钟表导致时间的量化，那么铁路则实现了空间的量化，创造了一种新的时空关系。在晚期浪漫派到表现主义时期以铁路与火车为主题的德语诗歌中，我们可以明显地看出人们是如何从对火车持赞扬与排斥并存的态度发展到个体被迫卷进这种由现代技术规定的秩序中，而无力再逃离技术的世界的。在描写火车与自然的诗歌中，火车从一开始作为入侵者影响了原本和谐宁静的自然，到后来成为变异的"自然"的一部分，与周围的环境共同构建着新的"自然"，而原本意义上的自然已经不复存在。除了火车对乘客的影响，以豪普特曼为代表的作家还特别关注了由于火车的运营而衍生出来的工种——铁道看守员的工作状态。豪普特曼在《道口工提尔》中描述了火车是如何影响了道口工提尔的生活并最终摧毁了他和他的家庭的。提尔在工作中力求精准，并严格要求自己，在生活中也如火车一般依附于两条"轨道"而无法脱离：对前妻米娜精神上的依恋以及对现任妻子雷娜身体上的依赖。这两种依附关系一方面让他如奉行宗教仪式般地沉溺于对已逝前妻的怀念之中而无法自拔，另一方面在现任妻子虐待前妻留下的孩子托比亚斯的时候他也不敢反抗。当他看到托比亚斯遭遇火车事故倒在铁轨之间时，整个人的精神也如脱轨的火车一般崩溃了。他将事故的发生归咎于雷娜，弑妻杀子后他最终被送入精神病院。火车在小说中不仅有着恶魔一般的形象，也如同恶魔一般碾碎了提尔的生活。19世纪后期开始兴起的德国自然主义文学有着鲜明的工人阶级特征，德国在因爆炸式发生的工业化进程而成为世界工业强国的同时，也制造了人数众多的工人阶级。提尔正是机器化工业背景下的工人阶级的一分子，作为整个铁路工业的一颗螺丝钉，他的人生已经被铁路工业"预置"。在儿子被火车撞伤准备送往医院的时候，他还必须坚守在道口工作。然而在下一趟火车驶近时他的眼前浮现事故发生的那一幕，随即他失去知觉而晕厥。晕厥其实是他在无助和找不到出路时下意识选择的逃避，而这种身陷现代技术世界找不到出路的状态也成为20世纪现代人的基本生存状态。

不同于那些刚到大城市的自然主义作家对现实的细致和写实的描写，20世纪初的作家们不再局限于对技术世界的单纯摹写和反映，火车主题也不再孤立地被处理，火车只是人们周围被技术改变了的世界的一部分，如卡夫卡在小说《失踪的人》结尾处安排的那一辆将主人公卡尔载往俄克拉荷马大剧院的火车。卡尔从登上火车开始，将被运往何处以及是否能够到达都是他自己无法掌控的未知数。

　　除了实体的机器，本书中的另一个阐述重点是具有机器特性的隐喻的机器，包括组织和机构的机器化以及思维的机器化。韦伯在分析西方现代社会形态时首先探讨了资本主义经济运行背后的精神渊源，认为基督教新教伦理是现代社会得以理性化发展的发动机制。加尔文教徒人格的理性化和行为的计划性在脱下宗教的外衣转移到世俗的经济生活中之后，形成了现代企业严密规划、追求效率的组织和管理特点。现代社会的治理方式是以理性为基础的法理型统治，而官僚制就是法理型统治最纯粹、最有效的一种组织形态。官僚制如同一台建立在可计算性基础上的高效运转的机械装置，具有高度非人格化的特点，每个层级位置上的职位都不可或缺，然而每个具体的人又都可以被取代或替换，个人之于整个机构就如同机器上的一个零件。韦伯一方面肯定了官僚制技术层面上的优越性，另一方面也认为它成了吞噬个人自由的"铁笼"，在现代以理性化为基础的组织和机构中，个人必须以职业人的身份去适应整个官僚制机器的运转规律。韦伯用"铁笼"的隐喻将现代社会管理体系之高度非人格化、高效率、可计算性的特征和现代人在这种体系中失去自由、失去情感两者之间的矛盾展现了出来，并将其描述为现代人不可逃脱的命运。

　　在奥地利作家卡夫卡于 20 世纪初创作的小说《失踪的人》中，不仅描写了实体的机器如电话、电报等通信工具，汽车、火车等交通工具与人的关系，隐喻的、抽象的机器也因其自身的运转机制实现着对人的控制。卡尔最后的归宿俄克拉荷马大剧院因其庞大且严密的体系实际上是整个工业社会官僚制机器的一个缩影，每个应聘的人员都按照其可用性被分类、被"预置"，成为整个系统中的一个"零件"。卡尔在进入大剧院体系后的失踪可以看成是他无法抗拒的从此在这一隐匿机器中失去自由的命运之归属。从某种意义上说，卡夫卡笔下所描绘的具有荒诞特征的世界就是一部自成体系的机器。从具体到抽象，两种形态的机器共同影响着现代工业社会中的个体。

隐喻的机器的另一种表现形式在于人的思维的机器化，霍克海默和阿多诺将韦伯理论中的形式理性转化为工具理性概念，围绕工具理性展开了现代性批判，并追溯其源头至启蒙思想对自然的态度和对人的要求。启蒙运动极大地推动了自然科学的发展，人们开始用数学思维思考事物，把追根究底和以计算出标准答案为目的的数学思维作为评价万物的尺度，以规避非理性的因素。理性逐渐超越了自己的界限。这种将自然和人本身都不断对象化为客观存在的机械思维，逐渐发展为奴役自然和统治人类的工具。在工具理性的支配下，不仅人与自然的关系发生了变化，伴随着思维的机器化，人与人的关系甚至个体与自身的关系都发生了变化。尤其是在人类永恒进步的乐观主义文明论遭遇法西斯极权统治和集中营的野蛮行径之后，人们开始彻底反思启蒙思想引导

下的科学技术进步，以及人对他者的统治力量究竟将人
类引向了何处。

弗里施的小说《技术人法贝尔》中描述的正是文明与
自然的对立，科学技术与神话、命运的碰撞，以及以机
器化思维对待人和事的工程师法贝尔是如何在压抑与排
斥一切非理性因素后最终走向工具理性控制的失败的。
法贝尔不仅将随身携带的电动剃须刀当作自己的情感伴
侣，在思维和行动上他也希望可以像机器一样，将一切
化约为数字序列和数学题。他无视身体的病态特征，对
待身体也像对待机器一般，认为生病时身体只要修理一
下就好了。被法贝尔视为正常生活之必不可少的电动剃
须刀、打字机和照相机等机器在某种程度上成了人的体
外装置。机器从人的对立面发展成为人的伴侣，导致了
孤独的个体的出现。

这种人与机器的组装发展到近年来似乎已成为一种
趋势，智能手机越来越成为日常生活不可缺少的一部
分，伴随智能眼镜和智能手表这些可穿戴设备从设想变
为现实，人的双手也从对照相机等影像设备的操作中解
放了出来，这些智能电子产品成为人体器官的延伸，智
能手机一方面方便了我们的生活，拓宽了我们的视野，
另一方面又限制了我们的活动，将我们的眼和手都局限
在一块移动屏幕上。并且在移动互联网时代，人不止和
机器，还与互联网服务器联结在一起。互联网作为一种
新技术时代背景下的媒介机器，是一种不可见物，它生

产的不是具体的物品，而是信息。社交网络产品这种虚拟技术是对人体功能的进一步延伸，抑或会导致人体自然感知能力的退化？随着人的自我技术的不断深入，在医学领域人造材料开始进入人的身体，未来的芯片是穿戴在身上还是植入体内已成为科学界探讨的前沿话题。人的自我技术的可能性与边界也冲击了传统的对人的定义。在何种程度上，人还是传统意义上的人？而克隆人和人机合成体"赛博格"等人类新的"他者"成为科学幻想小说的重要主题之一。德国女作家夏洛特·克尔纳在1999年以具有争议的克隆技术为主题创作的未来小说《蓝图》中探讨了人类的"复制品"有没有独立的自我身份认知的问题；安德利亚斯·艾施巴赫在2003年发表的小说《最后的幸存者》中讲述了一个由于战争需要被技术改造的"赛博格"的命运。这两部小说分别从不同侧面考察人体的机器化对人的身份认知的影响。与人的机器化相对应的是机器的智能化，即人工智能。传统机器代替的是人的劳力，而人工智能未来是否会代替人的脑力，机器是否会超越人类，或是会与人类共享未来，都是人们普遍关心的问题。在这种背景下，跨学科合作的重要性和必要性也呈现了出来，在自然科学不断追求技术突破与创新的同时，人文科学除了对科技成果做出回应外，还应参与技术发展的讨论并对科学发展的未来做出展望，积极地提出伦理、道德和法律等方面需要考虑的问题，共同制定相应的解决方案。

参考文献

Auhuber, Friedhelm: *In einem fernen dunklen Spiegel. E. T. A. Hoffmanns Poetisierung der Medizin.* Opladen: Westdeutscher Verlag 1986.

Barkhaus, Annette/Fleig, Anne: "Körperdimensionen oder die unmögliche Rede von Unverfügbarem". In: dies. (Hg.): *Grenzverläufe. Der Körper als Schnitt-Stelle.* München: Fink 2002.

Baur, Isolde: *Geschichte des Wortes Kultur und seiner Zusammensetzungen.* Diss. München 1951.

Beck, Susanne: "Roboter und Cyborgs - Erobern sie unsere Welt?" In: dies. (Hg.): *Jenseits von Mensch und Maschine.* Baden-Baden: Nomos 2012.

Binder, Hartmut (Hg.): *Kafka-Handbuch in zwei Bänden.* Band 2: *Das Werk und seine Wirkung.* Stuttgart: Kröner 1979.

Blumenberg, Hans: "Anthropologische Annäherung an die Aktualität der Rhetorik". In: ders.: *Wirklichkeiten, in denen wir leben.* Stuttgart: Reclam 1981.

Blumenberg, Hans: *Die Vollzähligkeit der Sterne.* Frankfurt am Main: Suhrkamp 1997.

Bohler, Liette: *Der Mythos der Weiblichkeit im Werke Max Frischs.* New York: Lang 1998.

Bredekamp, Horst: *Antikensehnsucht und Maschinenglauben. Die*

Geschichte der Kunstkammer und die Zukunft der Kunstgeschichte. Berlin:
Wagenbach 1993.

Brinkmann, Heinrich (Hg.): *Sinnlichkeit und Abstraktion.* Gießen:
Focus 1973.

Brittnacher, Hans Richard: *Ästhetik des Horrors. Gespenster,
Vampire, Monster, Teufel und künstliche Menschen in der phantastischen
Literatur.* Frankfurt am Main: Suhrkamp 1994.

Brockes, Barthold Hinrich: "Die dritte Offenbarung". In: *Physi-
kalische und moralische Gedanken über die drey Reihe der Natur.* Bern:
Lang 1970.

Brockhaus. Enzyklopädie. In vierundzwanzig Bänden. Neunzehnte,
völlig neu bearb. Aufl. Band 12, Band 14, Band 21. Mannheim:
F. A. Brockhaus 1993.

Brockhaus. Enzyklopädie. In vierundzwanzig Bänden. Neunzehnte,
völlig neu bearb. Aufl. Band 24. Mannheim: F. A. Brockhaus 1994.

Cassirer, Ernst: *Versuch über den Menschen. Einführung in eine
Philosophie der Kultur.* Aus dem Englischen übers. von Reinhard Kaiser.
Hamburg: Meiner 2007.

De Certeau, Michel: "Die Kunst des Handelns: Gehen in der Stadt".
In: Hörning, Karl H. /Winter, Rainer (Hg.): *Widerspenstige Kul-
turen. Cultural Studies als Herausforderung.* Frankfurt am Main: Suhr-
kamp 1999.

Descartes, René: *Abhandlung über die Methode, Richtig zu denken
und die Wahrheit in den Wissenschaften zu suchen.* Berlin: L. Heinmann
1870.

Dilthey, Wilhelm: *Gesammelte Schriften.* Band 5. Leipzig/Stuttgart:
Teubner 1990.

Drux, Rudolf: "Von der gelenkten Gliederpuppe bis zu den Dampf-
maschinen beiderlei Geschlechts. Soziale und technische Entwicklungen im
literarischen Spiegel der Goethezeit". In: Glaser, Horst/Albert,

Kaempfer, Wolfgang（Hg.）: *Maschinenmenschen*. Frankfurt am Main: Lang 1988.

Drux, Rudolf: *E. T. A. Hoffmann. Der Sandmann. Erläuterungen und Dokumente*. Stuttgart: Reclam 2000.

Dudenredaktion（Hg.）: *Duden. Das Fremdwörterbuch*. Band 5. Mannheim: Bibliographisches Institut 2010.

Dudenredaktion（Hg.）: *Duden. Das große Fremdwörterbuch*. Mannheim: Bibliographisches Institut 2007.

Eichendorff, Joseph von: *Autobiographische Dichtungen. Joseph von Eichendorff Werke in 6 Bänden*. Band 5. Frankfurt am Main: Deutscher Klassiker Verlag 1993.

Elias, Norbert: *Über den Prozess der Zivilisation. Soziologische und psychogenetische Untersuchungen*. Frankfurt am Main: Suhrkamp 1977.

Ersch, Johann Samuel/Gruber, Johann Gottfried: *Allgemeine Enzyklopädie der Wissenschaften und Künste*. Band [1] 6. Leipzig: Gleditsch 1821.

Eschbach, Andreas: *Der Letzte seiner Art*. Köln: Bastei Lübbe 2003.

Felderer, Brigitte: "Künstliches Leben in Österreich. Die Automaten und Maschinen des Freiherrn von Kempelen". In: Faßler, Manfred （Hg.）: *Ohne Spiegel leben. Sichtbarkeiten und posthumane Menschenbilder*. München: Fink 2000.

Fleig, Anne: "Automaten mit Köpfchen. Lebendige Maschinen und künstliche Menschen im 18. Jahrhundert". In: Barkhaus, Annette/ Fleig, Anne （Hg.）: *Grenzverläufe. Der Körper als Schnitt-Stelle*. München: Fink 2002.

Freud, Sigmund: "Das Unheimliche". In: *Sigmund Freud. Studienausgabe*. Band IV: *Psychologische Schriften*. Hg. von Alexander Mitscherlich. Frankfurt am Main: Fischer Taschenbuch Verlag 1982.

Frisch, Max: *Homo faber. Ein Bericht.* Frankfurt am Main: Suhrkamp 1977.

Frühwald, Wolfgang/Jauß, Hans Robert/Koselleck, Reinhart u. a. : *Geisteswissenschaften heute. Eine Denkschrift.* Frankfurt am Main: Suhrkamp 1991.

Geltinger, Kathrin: *Der Sinn im Wahn. "Verrücktheit" in Romantik und Naturalismus.* Marburg: Tectum 2008.

Gendolla, Peter: *Die lebenden Maschinen.* Marburg/Lahn: Guttandin & Hoppe 1980.

Gendolla, Peter: *Anatomien der Puppe. Zur Geschichte des Maschinenmenschen bei Jean Paul, E. T. A. Hoffmann, Villiers de L'isle-Adam und Hans Bellmer.* Heidelberg: Winter 1992.

Goethe, Johann Wolfgang von: *Werke.* Hamburger Ausgabe in 14 Bänden. Hg. von Erich Trunz. Band 8. München: Deutscher Taschenbuch Verlag 1977.

Greiner, Bernhard: "Im Umkreis von Ramses Kafkas Verschollener als jüdischer Bildungsroman". In: *Deutsche Vierteljahresschrift für Literaturwissenschaft und Geistesgeschichte* 77 (2003). Stuttgart: Metzler.

Grimm, Jacob/Grimm, Wilhelm: *Deutsches Wörterbuch.* Bearb. von Matthias Lexer u. a. Band 21. München: Deutscher Taschenbuch Verlag 1984.

Günther, Gotthard: *Das Bewusstsein der Maschinen. Eine Metaphysik der Kybernetik.* 2. Aufl. Krefeld/Baden-Baden: Agis 1963.

Hädecke, Wolfgang: *Poeten und Maschinen. Deutsche Dichter als Zeugen der Industrialisierung.* München/Wien: Hanser 1993.

Hauptmann, Gerhart: *Bahnwärter Thiel. Novellistische Studie.* Hg. von Peter Bekes und Volker Federking. Braunschweig: Schroedel 2007.

Heidegger, Martin: "Die Zeit des Weltbildes". In: ders. : *Holzwege.* Frankfurt am Main: Klostermann 1980.

Heidegger, Martin: "Die Frage nach der Technik". In: ders. :

Vorträge und Aufsätze. Frankfurt am Main: Klostermann 2000.

Heilinger, Jan-Christoph/Müller, Oliver: "Der Cyborg und die Frage nach dem Menschen. Kritische Überlegungen zum 'homo arte emendatus et correctus'". In: *Jahrbuch für Wissenschaft und Ethik* 12 (2007).

Heine, Heinrich: *Sämtliche Schriften*. Hg. von Klaus Briegleb. Band 5. München: Hanser 1974.

Heine, Heinrich: *Sämtliche Schriften*. Hg. von Klaus Briegleb. Band 6/1. München: Hanser 1975.

Heller, Agnes: *Der Mensch der Renaissance*. Frankfurt am Main: Suhrkamp 1988.

Hoffmann, E. T. A. : *Der Sandmann*. Mit einem Kommenta von Peter Braun. In: ders. : *Fantasie- und Nachtstücke*. 6. Aufl. Düsseldorf/Zürich: Artemis & Winkler 1996.

Hoffmann, E. T. A. : *Die Automate*. In: ders. : *Die Serapionsbrüder*. Hg. von Wulf Segebrecht. Frankfurt am Main: Deutscher Klassiker Verlag 2001.

Hoffmann, E. T. A. : "Nussknacker und Mausekönig". In: ders. : *Die Serapionsbrüder*. Hg. von Wulf Segebrecht. Frankfurt am Main: Deutscher Klassiker Verlag 2001.

Hoffmann, E. T. A. : *Der Sandmann. Mit einem Kommentar von Peter Braun*. Frankfurt am Main: Suhrkamp 2003.

Höher, Klaus: *Betrachtungen zum Wachstum großer technischer Kommunikationsnetze*. Diss. München: Schön 1969.

Horkheimer, Max/Adorno, Theodor: *Dialektik der Aufklärung*. Frankfurt am Main: Suhrkamp 1981.

Horkheimer, Max/Adorno, Theodor W. : "Dialektik der Aufklärung. Philosophische Fragmente". In: Theodor W. Adorno: *Gesammelte Schriften*. Band 3. 2. Aufl. Frankfurt am Main: Suhrkamp 1984.

Jacobi, Friedrich Heinrich: *Werke*. Band II. Hg. von Friedrich von Roth und Friedrich Köppen. Darmstadt: Wissenschaftliche Buchgesellschaft 1980.

Kafka, Franz: *Tagebücher. Kritische Ausgabe.* Hg. von Hans-Gerd Koch. Frankfurt am Main: S. Fischer 1990.

Kant, Immanuel: *Kant's gesammelte Schriften.* Band VIII. Hg. von der königlich preußischen Akademie der Wissenschaften. Berlin: Reimer 1923.

Kant, Immanuel: *Werke in zwölf Bänden.* Band 11. Frankfurt am Main: Suhrkamp 1977.

Kerner, Charlotte: *Blueprint-Blaupause.* Weinheim: Gulliver 2004.

Kleist, Heinrich von: *Werke und Briefe in vier Bänden.* Band 3. Berlin/Weimar: Aufbau 1978.

Knapp, Mona: "Moderner Ödipus oder blinder Anpasser? Anmerkungen zum Homo faber aus feministischer Sicht". In: Schmitz, Walter (Hg.): *Frischs Homo faber. Materialien.* Frankfurt am Main: Suhrkamp 1983.

Krämer, Herbert: *Gerhart Hauptmann. Bahnwärter Thiel.* München: Oldenbourg 1980.

La Mettrie, Julien Offray de: *Der Mensch eine Maschine.* Aus dem Französischen übers. von Theodor Lücke. Stuttgart: Reclam 2007.

Leibniz, Gottfried Wilhelm: "Monadologie". In: ders. : *Philosophische Schriften.* Band 1. Hg. und übers. von Hans Heinz Holz. Frankfurt am Main: Insel 1986.

Lenzen, Dieter: "Krankheit und Gesundheit". In: Wulf, Christoph (Hg.): *Vom Menschen. Handbuch Historische Anthropologie.* Weinheim/Basel: Beltz 1997.

Mahr, Johannes: *Eisenbahnen in der deutschen Dichtung.* München: Fink 1982.

Mahr, Johannes: "'Tausend Eisenbahnen hasten...Um Mich. Ich nur bin die Mitte!' Eisenbahngedichte aus der Zeit des deutschen Kaiserreichs". In: Segeberg Harro (Hg.): *Technik in der Literatur. Ein Forschungsüberblick und zwölf Aufsätze.* Frankfurt am Main: Suhrkamp

1987.

Marquard, Odo: "Über die Unvermeidlichkeit der Geisteswissenschaften". In: ders. : *Apologie des Zufälligen. Philosophische Studien.* Stuttgart: Reclam 1986.

Marx, Karl: *Ökonomisch-philosophische Manuskripte.* Leipzig: Reclam 1968.

Mattenklott, Gert: "Stadt". In: Wulf, Christoph (Hg.): *Vom Menschen. Handbuch Historische Anthropologie.* Weinheim/Basel: Beltz 1997.

Mersch, Dieter: "Aisthetik und Responsivität". In: Fischer-Lichte, Erika/Horn, Christian/Umathum, Sandra u. a. (Hg.): *Wahrnehmung und Medialität.* Tübingen: Francke 2001.

Meyer-Drawe, Käte: *Menschen im Spiegel ihrer Maschinen.* München: Fink 1996.

Meyer-Drawe, Käte: "Maschine". In: Wulf, Christoph (Hg.): *Vom Menschen. Handbuch Historische Anthropologie.* Weinheim/Basel: Beltz 1997.

Müller-Salget, Klaus: "Max Frisch: Homo faber. Ein Bericht". In: *Interpretation. Romane des 20. Jahrhunderts.* Band 2. Stuttgart: Reclam 1993.

Nicolai, Friedrich: "Beschreibung einer Reise durch Deutschland und die Schweiz im Jahre 1781". 5. und 6. Band. In: Fabian, Bernhard/ Spiekermann, Marie-Luise (Hg.): *Gesammelte Werke.* Band 17. Hildesheim/Zürich/New York: Olms 1994.

Nietzsche, Friedrich: *Gesammelte Werke.* Band 18. München: Musarion 1926.

Ott, Ulrich (Hg.): *Literatur im Industriezeitalter. Eine Ausstellung des deutschen Literaturarchivs im Schiller-Nationalmuseum.* Marbach am Neckar: Deutsche Schillergesellschaft 1987.

Paul, Jean: "Menschen sind Maschinen der Engel". In: ders. :

Sämtliche Werke. Hg. von Nobert Miller. Abteilung II: *Jugendwerke und vermischte Schriften.* Band I: *Jugendwerke* I. München: Hanser 1974.

Jean Paul: "Der Maschinen-Mann nebst seinem Eigenschaften". In: ders. : *Sämtliche Werke.* Hg. von Nobert Miller. Abteilung II: *Jugendwerke und vermischte Schriften.* Band II: *Jugendwerke* II. *Vermischte Schriften* I. München: Hanser 1976.

Jean Paul: "Unternacht - Gedanken". In: ders. : *Sämtliche Werke.* Hg. von Nobert Miller. Abteilung II: *Jugendwerke und vermischte Schriften.* Band III: *Vermischte Schriften* II. München: Hanser 1976.

Pflaum, Michael: *Geschichte des Wortes " Zivilisation ".* Diss. München 1961.

Pflaum, Michael: "Die Kultur-Zivilisation-Antithese im Deutschen". In: *Europäische Schlüsselwörter.* Band 3: *Kultur und Zivilisation.* Hg. vom sprachwissenschaftlichen Colloquim (Bonn). München: Hueber 1967.

Riedel, Manfred: " Vom Biedermeier zum Maschinenzeitalter. Zur Kulturgeschichte der ersten Eisenbahnen in Deutschland". In: Segeberg, Harro (Hg.): *Technik in der Literatur. Ein Forschungsüberblick und zwölf Aufsätze.* Frankfurt am Main: Suhrkamp 1987.

Schivelbusch, Wolfgang: *Geschichte der Eisenbahnreise.* München: Hanser 1977.

Schmeidler, W. F. Carl: *Geschichte des Deutschen Eisenbahnwesens.* Leipzig: Grunow 1871.

Schmitz-Eman, Monika: "Der Maschinenmensch als Spiegelbild der Menschenmaschine". In: Glaser, Horst Albert/Kaempfer, Wolfgang (Hg.): *Maschinenmenschen. Referate der Triestiner Tagung.* Frankfurt am Main/Bern/New York: Lang 1988.

Segeberg, Harro: *Technik in der Literatur.* Frankfurt am Main: Suhrkamp 1987.

Segeberg, Harro: *Literatur im technischen Zeitalter: Von der Frühzeit der deutschen Aufklärung bis zum Beginn des ersten Weltkrieges.* Darmstadt: Wissenschaftliche Buchgesellschaft 1997.

Sprachwissenschaftliches Colloquim (Hg.): *Europäische Schlüsselwörter.* Band 3: *Kultur und Zivilisation.* München: Hueber 1967.

Stach, Reiner: *Kafka. Die Jahre der Entscheidungen.* Frankfurt am Main: S. Fischer 2004.

Stadler, Ulrich: "Von Brillen, Lorgnetten, Fernrohren und Kuffischen Sonnenmikroskopen. Zum Gebrauch optischer Instrumente in Hoffmanns Erzählungen". In: Steineck, Hartmut (Hg.): *E. T. A. Hoffmann Jahrbuch.* Band 1. 1992/93. Berlin: Schmidt 1993.

Staisch, Erich: *Zug um Zug. Ein Rückblick auf das Jahrhundert der Eisenbahnen.* Augsburg: Rösler & Zimmer 1977.

Strauß, David Friedrich: *Ausgewählte Briefe.* Hg von Eduard Zeller. Bonn: Strauß 1895.

Tabbert, Thomas T.: *Menschmaschinengötter. Künstliche Menschen in Literatur und Technik. Fallstudien einer Artifizialanthropologie.* Hamburg: Artislife 2004.

Tabbert, Thomas T.: *Die erleuchtete Maschine - Künstliche Menschen in E. T. A. Hoffmanns "Der Sandmann".* Hamburg: Artislife 2006.

Thesaurus Linguae Latinae. Band III. Leipzig: Teubner 1906-12.

Thesaurus Linguae Latinae. Band IV. Leipzig: Teubner 1906-09.

Toller, Ernst: *Prosa, Briefe, Dramen, Gedichte.* Hamburg: Rowohlt 1961.

Ueding, Gert (Hg.): *Historisches Wörterbuch der Rhetorik.* Band 2: *Bie-Eul.* Tübingen: Niemeymer 1994.

Vaucanson, Jacques de: *Beschreibung eines menschlichen Kunst-Stucks, und Automatischen Flöten-Spielers, so denen Herren von der Königlichen Academie der Wissenschaften zu Paris durch den Herrn Vaucauson Erfinder dieser Maschine überreicht worden.* Nach dem Pariser

Exemplar übersetzt und gedruckt zu Augsburg 1748.

Völker, Klaus (Hg.): *Künstliche Menschen. Dichtungen und Dokumente über Golems, Homunculi, lebende Statuen und Androiden.* München: Deutscher Taschenbuch Verlag 1994.

Wawrzyn, Lienhard: *Der Automaten-Mensch. E. T. A. Hoffmanns Erzählung vom Sandmann.* Berlin: Wagenbach 1994.

Weber, Max: *Wirtschaft und Gesellschaft. Grundriß der verstehenden Soziologie.* Besorgt von Johannes Winckelmann. Studienausgabe. Tübingen: Mohr 1980.

Weber, Max: *Die protestantische Ethik und der Geist des Kapitalismus.* Bodenheim: Athenäum Hain Hanstein 1993.

Wende, Waltraud: *"Augen in der Großstadt" - die Großstadt, ein Wahrnehmungsraum der Moderne.* In: ders. (Hg.): *Großstadtlyrik.* Stuttgart: Reclam 1999.

Zedler, Johann Heinrich: *Grosses Vollständiges Universal-Lexikon aller Wissenschaften und Künste.* 64 Bände. Band 20. Photomechanischer Nachdruck. Graz: Akademische Druck- und Verlagsanstalt 1961 (Halle/ Leipzig 1739).

［奥］弗兰茨·卡夫卡：《卡夫卡文集》第 4 卷，祝彦、张荣昌译，上海，上海译文出版社，2002。

［奥］弗兰茨·卡夫卡：《卡夫卡文集》增订本第 2 卷，孙坤荣、黄明嘉译，北京，作家出版社，2011。

［德］弗里德里希·席勒：《审美教育书简》，冯至、范大灿译，上海，上海人民出版社，2003。

［德］京特·安德斯：《过时的人》，第 1、2 卷，范捷平译，上海，上海译文出版社，2010。

［德］马克斯·霍克海默、西奥多·阿道尔诺：《启蒙辩证法——哲学断片》，渠敬东、曹卫东译，上海，上海人民出版社，2006。

［德］马克斯·韦伯：《经济与历史 支配的类型》，康乐、吴乃德、简惠美译，桂林，广西师范大学出版社，2004。

［德］马克斯·韦伯：《马克斯·韦伯社会学文集》，阎克文译，北京，人民出版社，2010。

［德］马克斯·韦伯：《新教伦理与资本主义精神》，康乐、简惠美译，桂林，广西师范大学出版社，2010。

［德］马克斯·韦伯：《支配社会学》，康乐、简惠美译，桂林，广西师范大学出版社，2004。

［德］马克斯·韦伯：《经济行动与社会团体》，康乐、简惠美译，桂林，广西师范大学出版社，2004。

［德］施路赫特：《理性化与官僚化：对韦伯之研究与诠释》，顾忠华译，桂林，广西师范大学出版社，2004。

［德］伊曼努尔·康德：《论教育学》，赵鹏、何兆武译，上海，上海人民出版社，2005。

［法］让·波德里亚：《象征交换与死亡》，车槿山译，南京，译林出版社，2009。

［美］艾里希·弗洛姆：《健全的社会》，孙恺祥译，贵阳，贵州人民出版社，1994。

［美］凯文·凯利：《技术元素》，张行舟、余倩、周峰等译，北京，电子工业出版社，2012。

［美］理查德·桑内特：《肉体与石头：西方文明中的身体与城市》，黄煜文译，上海，上海译文出版社，2011。

［美］约翰·马尔科夫：《与机器人共舞》，郭雪译，杭州，浙江人民出版社，2015。

［瑞士］马克斯·弗里施：《能干的法贝尔》，江南译，重庆，重庆出版社，2007。

［匈］格奥尔格·卢卡奇：《历史和阶级意识》，王伟光、张峰译，北京，华夏出版社，1989。

［英］C. P. 斯诺：《两种文化》，纪树立译，北京，生活·读书·新知三联书店，1994。

［英］安东尼·吉登斯：《资本主义与现代社会理论》，郭忠华、潘华凌译，上海，上海译文出版社，2007。

[英]亚当·罗伯茨：《科幻小说史》，马小悟译，北京，北京大学出版社，2010。

[英]约翰·厄里：《城市与汽车》，见汪民安、陈永国、马海梁主编：《城市文化读本》，北京，北京大学出版社，2008。

[英]约翰·厄里：《城市生活与感官》，见汪民安、陈永国、马海梁主编：《城市文化读本》，北京，北京大学出版社，2008。

冯亚琳：《"原罪"之后是什么——德国成长小说与犹太教交叉视野中的〈失踪的人〉》，载《四川外语学院学报》，2008(2)。

马克思：《资本论》第 1 卷，北京，人民出版社，2004。

孙周兴选编：《海德格尔选集》，上海，上海三联书店，1996。

吴国盛：《海德格尔的技术之思》，载《求是学刊》，2004(6)。

曾艳兵：《闭上眼睛的图像——论卡夫卡的〈美国〉》，载《外国文学评论》，2000(4)。

后　记

　　我对技术和机器主题的兴趣始于硕士论文撰写期间。当时，在四川外国语大学冯亚琳教授的指点下，我选择了瑞士作家马克斯·弗里斯的小说《能干的法贝尔》（又译作《技术人法贝尔》）作为文本，围绕小说中具有典型技术理性思维的主人公对自然和身体的规训这一论点进行了探讨。缘于冯亚琳老师的邀请，北京外国语大学的王炳钧教授每年会到四川外国语大学给研究生讲授半个月左右的文化学相关课程，每年的主题都不一样，如"感知""媒介""身体"等，那是我接触文化学的开端。我也是最早受益于两位老师学术合作的学生之一。那门课是研讨课，要求学生阅读原文并作报告，所以这给了我们机会，通过认真准备报告让老师看到自己。后来我有幸成为王炳钧老师的学生，在北京外国语大学继续攻读博士学位，我选择了继续研究"机器"这个主题。在博士论文撰写期间，我曾因为担心驾驭不了这么大的题目而感到迷茫。在询问王老师的意见时，他委婉地让我坚持自己的想法，去做自己想做的尝试，因为他的支持和肯定我才有了信心按照自己的想法坚持写下去。我很感谢王老师锻炼了我阅读、思考以及独立进行研究的能力，更加感谢的是他对我一次次的肯定，给了我信心，让我渐渐地知道自己想做什么，该怎么做。

我同样由衷地感谢四川外国语大学的冯亚琳老师。我从大三开始上冯老师的文学课。在她的指导下，我在本科毕业论文的写作中认识到什么是严谨、规范的学术写作，又在硕士学习阶段接触了各个时期有代表性的文学文本。在后来学习和工作的道路上，每次因为各种事务和问题求助于她时，她都温和又有耐心地给予我帮助。冯老师为了推动本书的出版花费了很多心力，在此我特别感谢冯老师，也感谢四川外国语大学中外文化比较研究中心对本书出版的资助。

借着本书出版之际，我也想感谢在我求学的道路上给予过我指导和帮助的北京外国语大学外国文学研究所的姜红老师、李铁老师、马海良老师，北京外国语大学德语系的任卫东老师、谢莹莹老师，清华大学的汪民安老师，北京大学的谷裕老师，浙江大学的范捷平老师，复旦大学的魏育青老师，四川外国语大学的丰卫平老师、李大雪老师，西南交通大学的莫光华老师，慕尼黑大学的 Friedrich Vollhardt 教授，柏林自由大学的 Hans Feger 教授，等等。感谢我在四川外国语大学、北京外国语大学和德国求学期间结识的好朋友们，回想起当时

大家一起上课、讨论、聊天、聚会等的场景，我仍感觉
到美好而又温暖。感谢我的家人一直以来给予我精神和
物质等各方面的支持，感谢他们的理解、包容和陪伴。
重读这部书稿时，我发现了诸多不足和有待完善之处。
学路漫漫，恩师们的教诲、家人们的关怀和好友们的友
谊是我在学术道路上继续前行的动力。

图书在版编目（CIP）数据

人与机器：德语文学中的技术与机器主题研究/唐弦韵著. —北京：北京师范大学出版社，2019.8
（文化学 & 文学研究丛书）
ISBN 978-7-303-24886-5

Ⅰ.①人… Ⅱ.①唐… Ⅲ.①德语－文学研究－世界 Ⅳ.①I106

中国版本图书馆 CIP 数据核字（2019）第 163500 号

营　销　中　心　电　话　010-57654778
北京师范大学出版社谭徐锋工作室微信公众号　新史学 1902

REN YU JIQI DEYU WENXUE ZHONG DE JISHU YU
JIQI ZHUTI YANJIU

出版发行：北京师范大学出版社　www.bnup.com
　　　　　北京市西城区新街口外大街 12－3 号
　　　　　邮政编码：100088
印　　刷：北京盛通印刷股份有限公司
经　　销：全国新华书店
开　　本：787 mm ×1092 mm　1/32
印　　张：7.625
字　　数：147 千字
版　　次：2019 年 8 月第 1 版
印　　次：2019 年 8 月第 1 次印刷
定　　价：68.00 元

策划编辑：谭徐锋　　　　责任编辑：曹欣欣　于东辉
美术编辑：王齐云　　　　装帧设计：宋　涛
责任校对：段立超　　　　责任印制：马　洁